5 ghost stories ♠ 5 ghost stories

5 ghost stories ♥ 5 ghost stories

ぞくぞく
びっくり箱

おこりんぼオバケ
5つのお話

日本児童文学者協会・編

ぞくぞくびっくり箱

4

おこりんぼオバケ　5つのお話

もくじ

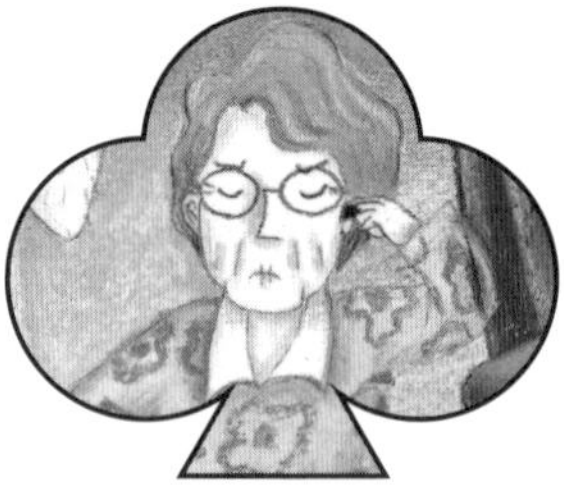

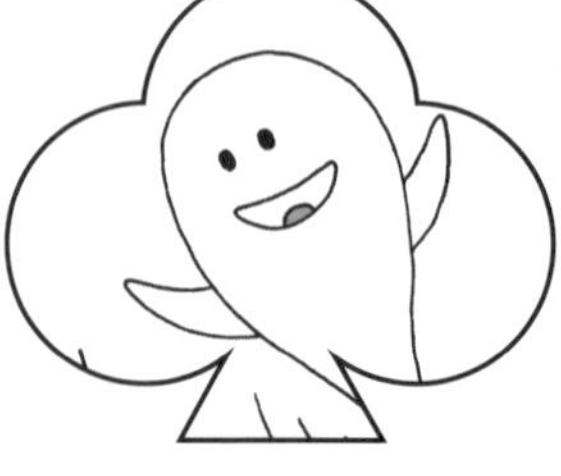

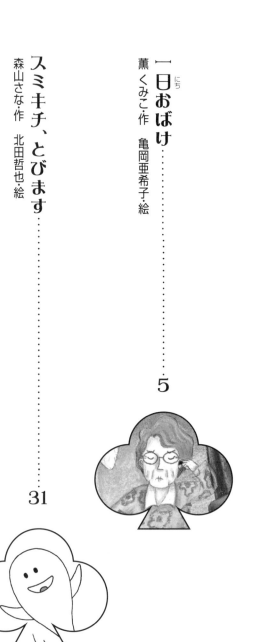

装幀・装画　あんびるやすこ

ぞくぞくびっくり箱

一日《にち》おばけ

薫 くみこ・作　亀岡亜希子・絵

おばあさんは、散歩《さんぽ》をしながらつぶやきました。

「なにか、ぱっと気分《きぶん》の明《あか》るくなるようなことはないものかしら」

先月《せんげつ》おじいさんが亡《な》くなってから、おばあさんはどうも元気《げんき》がでないのです。

そこでおばあさんは、三軒先《げんさき》の空《あ》き家《や》にしのびこんでみました。カラスに石《いし》を投《な》げてみました。そして、新《あたら》しくできた公園《こうえん》のまだ使用禁止《しようきんし》の公衆便所《こうしゅうべんじょ》にもはいってみましたが、ぞくぞくも、わくわくもしません。

「ああ、ぜんぜんおもしろくない」

ぶつぶついいながら歩《ある》いていると、石《いし》もないのにつまずいて、イチョウの木《き》にしがみつきました。

「ああ、びっくりした」

と、どきどきしながら顔《かお》をあげると、なんでしょう？　むかいのビルに長《なが》い行列《ぎょうれつ》ができているのがみえました。

おばあさんはさっそく道《みち》をわたってその行列《ぎょうれつ》にならび、みんなといっしょにぞろぞろとビルにはいっていきました。

中《なか》にはいると「一日《にち》○□△○、抽選会場《ちゅうせんかいじょう》」と書《か》かれた垂《た》れ幕《まく》が下《さ》がっていました。行列《ぎょうれつ》の老若男女《ろうにゃくなんにょ》は、そろってみんなうきうきしたようすで、

「わしは『一日消防士《にちしょうぼうし》』をやってみたいのだ」

「ぼくは『一日校長先生《にちこうちょうせんせい》』が当《あ》たるといいなあ」

などと話《はな》しながら、空港《くうこう》の金属探知機《きんぞくたんちき》のようなゲートをくぐって進《すす》んでいきます。

「ああなるほど、そういうことね」

と、おばあさんはうなずきました。

この催《もよお》しは、芸能人《げいのうじん》や有名人《ゆうめいじん》が、一日《にち》だけ警察官《けいさつかん》や市長《しちょう》になる、あのキャンペーンらしきことができる抽選会《ちゅうせんかい》だったようです。

「なかなかおもしろそうじゃないの」

ところが、そうつぶやきながら、わくわくとおばあさんがゲートをくぐったとたん、ブブーッとブザーが鳴《な》り、黒《くろ》いそでカバーをした事務員風《じむいんふう》のおにいさんがとんできました。

そしておにいさんはタブレット端末《たんまつ》をみながら、おばあさんにいいました。

「あなたは、三軒先《げんさき》の空《あ》き家《や》にしのびこみ、カラスに石《いし》を投《な》げ、新《あたら》しくできた公園《こうえん》の、まだ使用禁止《しようきんし》の公衆便所《こうしゅうべんじょ》にはいりましたね？」

「いいえ」

おばあさんはすかさず、すずしい顔《かお》でとぼけました。

すると、おにいさんはわらうのをこらえているような顔《かお》で、

「うそつきは、舌《した》をぬかれますよ」

といって、パチンと指《ゆび》をならしました。

同時《どうじ》に山《やま》みたいに大《おお》きな男《おとこ》の人《ひと》がやってきて、あっというまに、わあわあさわぐおばあさんをひょいと肩《かた》にかつぎあげ、となりの部屋《へや》に運《はこ》んでいきました。おばあさんは、舌《した》をぬかれるのかとヒヤヒヤしていましたがそんなこともなく、みまわすと、ここにも短《みじか》いながら行列《ぎょうれつ》ができています。

「あっちにも行列《ぎょうれつ》、こっちにも行列《ぎょうれつ》、なんなんでしょうね」

ぶつぶつおばあさんがいっていると、長《なが》ネギのとびでたスーパーの袋《ふくろ》をさげているおくさんが、ふりかえってささやきました。

「おみかけしないお顔《かお》ですけど……、はじめてですか? で、いきなりこっちなんて、うーん、それはすごいワ。ここだけの話《はなし》、あっちの『定番《ていばん》コース』の一日町長《にちちょうちょう》だの一日館長《にちかんちょう》なんか、つまんないつまんない。『横道《よこみち》コース』とよばれている、こっちの方《ほう》がだんぜんツウ好《ごの》み。そりゃあ、目《め》からウロコの新世《しんせ》界《かい》、手《て》に汗《あせ》にぎるスペクタクルが味《あじ》わえますのよ。なにしろラインナップが一日忍者《にちにんじゃ》でしょ、一日《にち》カラスに、一日《にち》たいやき――」

「一日《にち》たいやき!?」

思《おも》わずおばあさんはききかえしました。

「なんですかそれ？」

「たいやきになって焼《や》かれたり、食《た》べられたりして、それはいったいどんな感《かん》じなのかってことを、体験《たいけん》するんじゃないかしら？　ぞくぞくするでしょう。あ、ご心配《しんぱい》なく、なんになろうと一日《にち》だけのことですから、明日《あした》にはもとどおり」

そういわれてもね……と、おばあさんが不安《ふあん》になっていると、正面《しょうめん》にいた、マネキン人形《にんぎょう》だとばかり思《おも》っていたおねえさんが、

「はい、お待《ま》たせいたしました。抽選《ちゅうせん》をはじめます」

と、しゃべりだし、穴《あな》のあいた四角《しかく》い箱《はこ》をもって部屋《へや》の中《なか》を歩《ある》きまわりました。

みんなはじゅんぐりに箱《はこ》の穴《あな》に手《て》をいれて、丸《まる》めた紙《かみ》をひきだしていきます。

「おおー、一日奈良《にちなら》の大仏《だいぶつ》ですぞ」

「あらま、一日《にち》ウミガメよ」

「なんと、一日《にち》フランス人《じん》じゃ」

「うひゃあ、一日山田《にちやまだ》だって。おれ、この前鈴木《まえすずき》やったばっかかなんだぜ」

いろいろな声《こえ》がとびかう中《なか》、おばあさんが抽選箱《ちゅうせんばこ》からひっぱりだした紙《かみ》には『一日《にち》おばけ』と書《か》いてありました。

「あらー、いいのひいたじゃないですか、うらやましい。ビギナーズラックってやつね」

長《なが》ネギおくさんは、そういいながらすりよってきて、

「でも、わたしもそこそこのを」

と、自分《じぶん》の紙《かみ》をぺらんとひらいてみせました。

一日おばけ
一日冬眠
一日山田
一日ウミガメ
一日奈良の大

「ほら『一日冬眠《にちとうみん》』ひいちゃいました。くくく」

そして、まだおばあさんはききたいことがたくさんあったのに、せかせかとはや足《あし》で部屋《へや》からでていってしまいました。

おばあさんが、しかたなくうろうろしていると、白衣《はくい》を着《き》た女《おんな》の人《ひと》があらわれ、

「はじめて参加《さんか》される方《ほう》はこちらへどうぞ」

と、奥《おく》のカーテンをあけてくれました。

体重《たいじゅう》をはかったり、熱《ねつ》をはかったり、血圧《けつあつ》をはかったり、耳《みみ》の穴《あな》をはかったり、おばあさんがたくさんの測定《そくてい》と検査《けんさ》をさせられて、すっかりぐったりしていると、今度《こんど》は白衣《はくい》の男《おとこ》の人《ひと》がやってきて、ロボットのような口調《くちょう》でこういいました。

「ドコカラ、ドコマデ、オバアサントハ、オモエナイ、ヒジョウナ、健康体《ケンコウタイ》デ

ス」

その言葉《ことば》をきいたとたん、おばあさんは、むくむく力《ちから》がわいてきました。

そして「どれどれ」と、ためしに屈伸運動《くっしんうんどう》をはじめると、すっと白衣《はくい》の男《おとこ》の人《ひと》がよってきて、

「ト、イウコトデ、ヨイ時間《じかん》ヲ、オスゴシクダサイ」

と、いうやいなや、いきなり黄色《きいろ》い耳《みみ》せんのようなものをおばあさんの片耳《かたみみ》に押《お》しこみました。

「な」

おばあさんは「なにをする」と最後《さいご》までいいきることもできず、少《すこ》しの間《あいだ》、気《き》をうしなったような、ぽかんとした気《き》もちになりました。そして、
いぬがいたらば、U《ユー》ターン

坊《ぼう》さんみたら、まわれ右《みぎ》
おんどり鳴《な》いたら、ソレ、てっしゅう

耳《みみ》せんからこんな言葉《ことば》がながれてきたところまでは、おぼえているのですが、その先《さき》のことは、すとんと幕《まく》でもおりたように記憶《きおく》がなくて、気《き》がつくとおばあさんは、おばけになっていました。

なんでおばけになったことがわかったかというと、体《からだ》がすけて、肩《かた》こりも取《と》れ、ふわふわ軽《かる》くなっていたからです。

そしておばあさんは、いいぐあいにひゅううー、っとふいてきた生《なま》あたたかい風《かぜ》にこしかけて、空高《そらたか》く舞《ま》いあがりました。

「まあ、すてき。こりゃあ、いいわね」

夕《ゆう》ぐれのみなれた町《まち》がみえます。そして、じきに夕《ゆう》やみがあたりをつつむと、その景色《けしき》の上《うえ》へテーブルクロスをかけるように、ふわりと、子《こ》どものころにすごした町《まち》なみが重《かさ》なりました。

「まあ……なんてなつかしい」

おばあさんは風《かぜ》にしがみつき、もう今《いま》はない、おばけの町《まち》に身《み》をのりだしました。

「ああ、あの小川《おがわ》……」

買《か》ったばかりのビーチサンダルをながしてしまった小川《おがわ》がみえます。

「あ、あのあぜ道《みち》は……」

やさしいボーイフレンドと、ワルツを踊《おど》ったたんぼの上《うえ》を通《とお》りすぎました。

「あの垣根《かきね》、そうそうあそこ。いつもおかあさんはあそこに立《た》って、帰《かえ》りのおそいわたしを待《ま》っていたのよ」

そして、おばあさんは子《こ》どものように、えっえっと泣《な》きだし、そのうちだれもきいていないのだから、ひとつ思《おも》いっきり泣《な》いてやれ、とおんおんと声《こえ》のかぎりに泣《な》きました。

けれどじき、東《ひがし》の空《そら》に細《ほそ》い月《つき》があらわれると、おばけの町《まち》はゆらゆらとゆれだして、スーッと消《き》えていきました。それと同時《どうじ》に風《かぜ》もやみ、おばあさんはふわふわとただよいながら夜空《よぞら》にうかんで、星《ほし》をのんびりながめました。

「ああ、きれい。こりゃあ、いいわね」

けれど、流《なが》れ星《ぼし》を二十六数《かぞ》えたあたりで、おばあさんはなにやら落《お》ちつかない気分《きぶん》になってきました。

というのも、ドロドロ、モゴモゴ、ウニョウニョ……と奇妙《きみょう》な音《おと》が、下《した》の竹《たけ》やぶや林《はやし》、池《いけ》や河原《かわら》のあたりから、たちのぼってくるのです。

「なんだろう、気味《きみ》が悪《わる》い。おばけでもでてきそう……」

そうつぶやいてすぐ、おばあさんは「あらやだ」と、にやにやしました。自《じ》分《ぶん》も『一日《にち》おばけ』だったことを思《おも》いだしたのです。

ふしぎなもので、そうなると気味《きみ》の悪《わる》さはスーッと消《き》えて、

「……てことは、『なりたておばけ』のわたしから、あいさつするのがすじってもんね」

と、おばあさんは、たくさんの声《こえ》がする竹《たけ》やぶへおりていき、声《こえ》をかけました。

「はじめまして、こんばんは。わたしは、『一日《にち》おばけ』のおばあさんです。一日《にち》だけのことですが、なにとぞよろしくお願《ねが》いします」

ところがそういいおわるやいなや、がさっとやぶの中《なか》から手《て》がとびだし、おばあさんにむかって、びゅーんとのびてきたのです。

「ひいっ、たすけてー」

けれどその手《て》は、ぶったり、ひっかいたりすることはなく、おばあさんの耳《みみ》

にはいっている耳《みみ》せんを、つまんでぐりんとまわしました。

するとふしぎ、ラジオの周波数《しゅうはすう》があうかのように、それまでモゴモゴとしかきこえなかった音《おと》が、ききとれる言葉《ことば》にかわって、

「一日《にち》おばけだって……」

「それどころじゃないのよねえ」

「こまったこまった」

というぐあいに、はっきりきこえだしたのです。

「おやまあ、これはそういうものだったのね」

おばあさんが、くりんくりんと耳《みみ》せんをまわしながら、しきりに感心《かんしん》していると、やぶの中《なか》から、その手《て》の持《も》ちぬし、気《き》の弱《よわ》そうな色白《いろじろ》の鬼《おに》がでてきました。

「どうも失礼《しつれい》いたしました。なにより先《さき》に、まずはおばけチューナーをあわせ

て頂《いただ》きませんと、会話《かいわ》ができないものですから」

というので、おばあさんは、

「それにしたって顔《かお》もださずに、いきなりあれはないいんじゃないの？」

というと、白鬼《しろおに》は「いやいや」と、首《くび》をふりました。

「最初《さいしょ》に顔《かお》をだすとですね、みなさん、びっくりしてにげだすんですよ。三日《みっか》前《まえ》にきた一日《にち》おばけさんなんか、いまだ行方《ゆくえ》しれずです」

というので、おばあさんは、なるほどね、と納得《なっとく》しました。

「ところで、なにかおこまりのようね」

と、おばあさんがいうと
「そうなんですよ」

と、白鬼《しろおに》はなさけない顔《かお》でうなずきました。

「思《おも》い残《のこ》すことがあるのか、成仏《じょうぶつ》できないばけものが、この先《さき》の谷《たに》に住《す》みついてしまったようで、みんなこまっているんです。まったくどこから迷《まよ》いこんできたものか？　なにしろ三十分《ぷん》に一回《かい》、住《す》みついている穴《あな》から火柱《ひばしら》があがるとか、雷鳴《らいめい》がとどろくとか、いかりくるって身《み》の毛《け》もよだつうなり声《ごえ》をあげるとか。そりゃあ手《て》のつけられない、あばれものらしいって話《はなし》で。うわさでは、どうやらツチグモの類《たぐい》か、竜《りゅう》の類《たぐい》の遠《とお》い親《しん》せきじゃないかと――」

と、そこでおばあさんは、白鬼《しろおに》の話《はなし》を「ちょっとちょっと」と、とめました。

「『うわさ』だ、『らしい』だ、『話《はなし》』だって――。本当《ほんとう》にみてきたんじゃないの？」

すると、白鬼《しろおに》はこきざみに首《くび》を横《よこ》にふり、うわずった声《こえ》で答《こた》えました。

「そんなおそろしいものがいる所《ところ》に、だれもいくわけないじゃないですか。このへんに住《す》んでいるのは、白鬼《しろおに》のわたしをはじめ、からかさおばけや土《ど》びんや茶《ちゃ》わん、そういうおだやかな類《たぐい》のおばけでして、あらそいごとだの、暴力《ぼうりょく》とは、縁《えん》のない上品《じょうひん》な暮《く》らしを好《この》みます」

「でも、ばけものが、おこってあばれているんでしょ？」

「そうなんですよ、こまったことです」

「なんでおこっているのか、きけば解決《かいけつ》するかもしれないわよ」

「ムリムリ」

「じゃあどうするの？」

「さあ、どうしましょうかねえ……」

白鬼《しろおに》が頭《あたま》をかかえると、どびんやちゃわんのおばけたちは、カタカタ体《からだ》をゆらして、あきもせずに「こまったこまった」をくりかえします。

おばあさんはうんざりして、

「こんな話《はなし》なら、きかないほうがまし」

と、おばけチューナーをぐりんとまわし、ドロドロ、モゴモゴにもどった陰気《いんき》な声《こえ》に背中《せなか》をむけて、そこからはなれていきました。そして、

「肩《かた》こりもないし空《そら》もとべるし、『どうなったところで明日《あした》にはもとどおり』って、長《なが》ネギおくさんもいっていたことだし」

と、おばあさんは『一日《にち》おばけ』になった記念《きねん》に、その成仏《じょうぶつ》できずにあばれているというばけものを、見物《けんぶつ》しにでかけることにしました。

ゆらゆらやぶをぬけていくと、月明《つきあ》かりにてらされた谷《たに》にでました。耳《みみ》をすますと、たしかに、ゴー、という音《おと》がします。暗《くら》やみに、水蒸気《すいじょうき》があがっています。

「おこっているみたいねえ。でも、おこるといったら、うちのおじいさんくらいおこりんぼで、かんしゃくもちはいなかったわねえ。そうよ、あのおこりんぼのおじいさんを思《おも》えば、そのへんにいるおこりんぼなんか、ばけものだろうが、おばけだろうが、どうってことないわ」

おばあさんはつぶやき、それから、大《おお》きな声《こえ》で自己紹介《じこしょうかい》をしました。

「はじめまして、こんばんは。わたしは、『一日《にち》おばけ』のおばあさんです。あなたは、なにをおこっているの？」

返事《へんじ》のかわりに、ヒヒューンと音《おと》を立《た》てて谷間《たにま》に打《う》ちあげ花火《はなび》のような光《ひかり》が走《はし》ります。なにをふりまわしているのか、ぶんぶんぶんと音《おと》がして、ぴしゃぴしゃ水《みず》がとんできます。

その水《みず》しぶきに打《う》たれながら、おばあさんはいいました。

「そんなおこりかたじゃあ、わたしはおどろいたりしませんよ。なんたって、うちのおじいさんこそ、たいしたおこりんぼでしたからね。冬《ふゆ》が寒《さむ》いっておこったり、夏《なつ》が暑《あつ》いっておこったり、自分《じぶん》が道《みち》をまちがえてもかんしゃくをおこすし、わたしが病気《びょうき》をしてもおこってた。かわいがっていたポチが、死《し》んだ時《とき》だっておこっていたわ。まったく、とんでもないおこりんぼでしょう」

と、いきなりゴーッ、と火《ひ》の柱《はしら》が立《た》ち、谷間《たにま》を赤《あか》くてらしました。それはおそろしいというよりとてもきれいで、おばあさんは、ほお……とみいってしまいました。

そしておばあさんは、おじいさんがおこるたびにこっそり歌《うた》っていた歌《うた》を、ゆっくり歌《うた》いだしました。

おこったって、こわくない
だって　その目《め》を　よくみると
こまっていると　わかるもの
おこったって、こわくない
だって　その目《め》を　よくみると

悲《かな》しいことが　わかるもの
おこったって　こわくない
だって――

そこでおばあさんは、ぷつっと歌《うた》うのをやめました。

息《いき》をつめて首《くび》をのばし、二回《かい》まばたきをしました。

というのも、谷《たに》にさしこむ月《つき》の光《ひかり》と暗《くら》がりのさかいめのところに、半分《はんぶん》すけたおじいさんが、ゆらゆらと立《た》っていたのです。

おばあさんは、ぽかっと口《くち》をあけたまま、いいました。

「まあ……、あばれていたのは、おじいさんだったんですか」

と、ぜぜぜ、ぞぞぞ、みたいな音《おと》にしかきこえませんが、おじいさんはやさしい顔《かお》で、おばあさんになにかいっています。

「え、なんですか？　ちょっと待《ま》って下《くだ》さい」

おばあさんは、あわてて耳《みみ》のおばけチューナーをつまみました。

そして、それをクリンとひねったその時《とき》でした。

夜空《よぞら》にぴりっとひびがはいり、ぴかっと光《ひか》ったと思《おも》ったら、ものすごい羽音《はおと》とともに、おじいさんは、しゅっとそこに吸《す》いこまれていったのです。

おばあさんは、少《すこ》しの間気《あいだき》をうしなったような、ぽかんとした気《き》もちになりました。そして、はっとわれにかえってみまわすと、あのビルの前《まえ》に立《た》っていました。

あたりはまだ暗《くら》くて、けれど朝《あさ》が近《ちか》いのか、たくさんの鳥《とり》がないていました。

おばあさんはため息《いき》をつき、おばけチューナーを耳《みみ》の穴《あな》から取《と》りだして、ころんころんと手《て》の中《なか》で転《ころ》がしました。そして、おじいさんがいいたかった言葉《ことば》は、あれかな、これかな、と考《かんが》えながら、にこにこ家《いえ》へと帰《かえ》っていきました。

ぞくぞく
びっくり箱

スミキチ、とびます

森山さな・作　北田哲也・絵

「加藤《かとう》って、いつもいばってばかりで、いやなやつ」

友《とも》だちの家《いえ》で加藤《かとう》たちとゲームをした帰《かえ》りに、近道《ちかみち》の原《はら》っぱを歩《ある》きながら、大輔《だいすけ》はぶつぶついっていた。

そのときだ。風《かぜ》もないのに、風《かぜ》がうなるような音《おと》がきこえた。

なんだろうと空《そら》をみあげたとたん、なにかが真正面《ましょうめん》からぶつかってきた。

ドン！

わっ
頭《あたま》がクラっとして思《おも》わず尻《しり》もちをついた。

なにもみえなかったのにどうして？

首《くび》をかしげていると、

「わあ！　ありゃー」

大《おお》きなさけび声《ごえ》がした。

自分《じぶん》の声《こえ》とにているけど、ぼくのはずがない。

もう、なんだよ！

立《た》ちあがろうとしてびっくりした。だって目《め》の前《まえ》に自分《じぶん》がいたのだ。

えっ、もしかして、ぼく死《し》んじゃった？

「ボヤボヤ歩《ある》くなよ。お前《まえ》のせいでひどい目《め》にあったじゃないか！」

目《め》の前《まえ》の大輔《だいすけ》がおこっている。ぼくがぼくにおこるって、どういうこと？

「なんだ、そのまぬけなつらは？　自分《じぶん》をみてみろよ」

そういわれて大輔《だいすけ》は、おそるおそる下《した》をみた。

二度目《どめ》のショックにおそわれたのはそのときだ。身体《からだ》があるはずのところに地面《じめん》がうっすらと……。

「わあー、すけてる！」

大輔《だいすけ》は絶叫《ぜっきょう》した。

「ちっ、世話《せわ》がやけるぜ。いいか、よくきけよ。お前《まえ》とおいらはいれかわったの。わかった?」

目《め》の前《まえ》の大輔《だいすけ》がバカにしたようにいった。

あまりのことに、透明《とうめい》の大輔《だいすけ》は気《き》をうしないそうになった。

これは夢《ゆめ》だ。で、でも、もし夢《ゆめ》じゃないとしたら、冷静《れいせい》にならなきゃ!

「どうして、ぼくがきみになったのでしょうか?」

「はい、これには深《ふか》いわけがあります……、なんていっちゃいられねえぜ。おいら、おばけ。お前《まえ》、人間《にんげん》。ぶつかったひょうしに身体《からだ》がいれかわったってわけ」

「お、お名前《なまえ》は?」

「バカ。ふつうにいえ。おいらはスミキチだ。森《もり》の奥《おく》に住《す》んでるおばけだ」

おばけの大輔《だいすけ》がにやりとわらった。気味《きみ》の悪《わる》い笑顔《えがお》だった。

これが自分《じぶん》の顔《かお》か！　ゲッと思《おも》って、大輔《だいすけ》は、今度《こんど》は本当《ほんとう》に落《お》ちついた。

「ぼくは大輔《だいすけ》。もう一度《ど》ぶつかれば、元《もと》にもどれるのか？」

「たぶんな。おいらはこっちから歩《ある》くから、お前《まえ》はむこうからとんでこい！」

やたら、いばるおばけだ。

動《うご》こうとしたとたん、二人《ふたり》とも前《まえ》につんのめって、派手《はで》にころんだ。

「人間《にんげん》というのは、こんな着《き》ぐるみみたいなのを着《き》て、よく動《うご》けるもんだ」

スミキチがいやみっぽくいう。大輔《だいすけ》はむっとした。

「そっちこそ。羽《はね》もない身体《からだ》で、どうやってとべばいいのさ？」

ふたりはぶすっとしてにらみあった。ついに大輔《だいすけ》がいった。

「とにかく歩《ある》いてみてよ。とぶよりかんたんだから」

「まぬけ。とぶほうが数倍《すうばい》らくちんだあ。考《かんが》えるだけでいいんだから」

「考《かんが》えるだけ？」

「そうともよ。おいらはとぶぞ、って考《かんが》えるんだ」

大輔《だいすけ》はいっしょうけんめいに考《かんが》えた。

「とべ、とべ、とぶんだ、上《うえ》に」

ふわりっと身体《からだ》がういた。でも左右《さゆう》にゆれて不安定《ふあんてい》だ。

「いいぞ。こっちにこい。おいらにぶつかれ！」

スミキチがよろよろと立《た》ちあがる。大輔《だいすけ》はふらつきながら、スミキチにぶつかった。

が、なんと、おばけの大輔《だいすけ》は自分《じぶん》の身体《からだ》をすうっとつきぬけてしまった。

「ドンとぶつかれ、っていってんの！」

突《つ》っ立《た》ったままのスミキチがおこった。

「だ、だって、できないよ。あわー」

大輔《だいすけ》はグラグラゆれるや、空中《くうちゅう》で逆立《さかだ》ちになってしまった。

「なにやってんだ！　ちっ、身体《からだ》に慣《な》れるまで、このままでいるしかねえな」

自分《じぶん》も思《おも》うように動《うご》けないスミキチは、ため息《いき》まじりにいった。

「うん」

大輔《だいすけ》も力《ちから》なく答《こた》えた。ふとみると、空《そら》がかげってきている。

「大変《たいへん》だ、もう帰《かえ》らなきゃ、母《かあ》さんにしかられる！　スミキチ、ぼくのふりして帰《かえ》ってよ。お願《ねが》い」

「いいけどよ。お前《まえ》んちしらねえから案内《あんない》しろよ」

スミキチは病人《びょうにん》みたいによろよろと歩《ある》きはじめた。大輔《だいすけ》もふらつきながらとんでいく。

それやこれやで、おばけがこわいなんて思《おも》うひまはなかった。こわいより、びっくりした気《き》もちのほうが大《おお》きかった。

歩《ある》きながらスミキチは自慢《じまん》した。

「おいらたちおばけは、どこでも通《とお》りぬけることができるんだぜ」

「じゃあ、なんでぼくとぶつかったのさ？」

「おいらたちだって、すわりたいとか、さわってみたいとか思《おも》うだろ？　そんなときは身体《からだ》にぐっとを力《ちから》をいれるんだ。そしたらよ、ギュッと固《かた》くなって、さわることもできるし、つかむこともできるってわけよ」

わかったようなわからないような説明《せつめい》だ。

「身体《からだ》を固《かた》くすると、『心《こころ》』も固《かた》いボールみたいになる。ぶつかったひょうしに身体《からだ》からとびだして、お前《まえ》の『心《こころ》』といれかわっちまったんだな」

おかしな話《はなし》だが、自分《じぶん》たちをみればなっとくするしかない。

「おばけはほとんど透明《とうめい》だから、人間《にんげん》にはみえないんだけどよ。まあ、お前《まえ》とおいらは特別《とくべつ》みたいだな」

あとで鏡《かがみ》をのぞいたら、おばけは身長《しんちょう》が1メートルぐらい。しずくを逆《さか》さにした形《かたち》で、ヒレのような腕《うで》はあるが足《あし》はない。顔《かお》はピンポン玉《だま》ぐらいの真《ま》っ黒《くろ》な目《め》がふたつあるだけだ。

「どうしてぶつかってきたんだよ？」

大輔《だいすけ》がたずねると、スミキチはにやりとした。

「おばけとカラスが天敵《てんてき》だってしってるか？　やつら、おいらたちに気《き》がつくとやたらさわいでうるさいったらありゃしねえ。カラスをおどろかして、けちらすのは、いってみりゃ、おいらの大事《だいじ》な『お仕事《しごと》』なのさ」

スミキチは得意《とくい》そうだった。

「だから？」

「う、うん。だから、いつものようにおどろかそうとしたら、ちっ、おいらの気配《けはい》に気《き》がついて、やつら、急《きゅう》に向《む》きをかえちまったんだ」

スミキチの歯切《はぎ》れが悪《わる》くなった。

「それで?」

「いちいちきくなって。まあ、おいらも向《む》きをかえようとしたんだけどな、木《き》にぶつかりそうになって、あわててよけたら、お前《まえ》がいたというか……」

スミキチの声《こえ》が小《ちい》さくなっていく。

「カラスのほうがすばしっこいってことだね」

大輔《だいすけ》がズバッというと、

「うるさいな。たまたまだ」

スミキチは、ふきげんにそっぽをむいた。

「ふふん」

ドジなくせにおこりっぽいんだから。大輔《だいすけ》はおかしくなった。

二人《ふたり》でのろのろと進《すす》んでいたら、とつぜん、スミキチが大声《おおごえ》をだした。

Dogers

「わかったぞ！　人間《にんげん》て、なんてのろくて、どんくさいんだって思《おも》ってたけどよ。こんな重《おも》い着《き》ぐるみきてたら無理《むり》ないぜ。もうおいら、くたくただよ」

そうだろうなあ、と大輔《だいすけ》は思《おも》った。

その反対《はんたい》に、おばけの身体《からだ》はいったんうきあがると、風船《ふうせん》のようにふわりふわりとういて、楽《らく》だ。ところが、いきなり、びゅ〜！　強《つよ》い風《かぜ》がきて、大輔《だいすけ》はふきとばされてしまった。

「あわわわ、助《たす》けてえー……」

「あれ？　おーい、どこいった、大輔《だいすけ》よう！」

スミキチが空《そら》にどなった。

すると、近《ちか》くで子《こ》どもの声《こえ》がした。

「おい、大輔《だいすけ》、まだこんなところでうろうろしてたのかよ。自分《じぶん》の名前《なまえ》をよぶなんて、とうとう頭《あたま》にきたらしいな」

「えっ?」

スミキチがふりむくと、大輔《だいすけ》と同《おな》じくらいの年《とし》ごろの男《おとこ》の子《こ》が、二人《ふたり》でバカにしたようにニヤニヤしている。

「なんだよ、お前《まえ》、だれだ?」

スミキチはむかっとして大声《おおごえ》をだした。

「だれ? このおれさまに、お前《まえ》がケンカを売《う》るわけ?」

身体《からだ》が大《おお》きいほうの男《おとこ》の子《こ》の声《こえ》が大《おお》きくなった。

「ふん、それはお前《まえ》だろ!」

「なに! おれにむかっていう言葉《ことば》か!」

男《おとこ》の子《こ》はカッとおこって、肩《かた》をぐいと押《お》してきた。

スミキチはサッとよけるつもりだった。なのに足《あし》がもつれて動《うご》けない。

ドスン!

相手《あいて》の身体《からだ》ごと地面《じめん》に尻《しり》もちをついてしまった。自分《じぶん》の身体《からだ》でさえもてあましているのに、もう一人分《ひとりぶん》の体重《たいじゅう》が乗《の》っかって、つぶれそうに重《おも》くて動《うご》けない。

「いてて。どけ！　太《ふと》っちょ！」

スミキチは、男《おとこ》の子《こ》の頭《あたま》を平手《ひらて》でぶった。

「こ、このおれになにをする！」

相手《あいて》は真《ま》っ赤《か》になっておこり、スミキチをぶちかえしてきた。

やりかえそうとしたら、男《おとこ》の子《こ》が急《きゅう》に、「いたたっ」と頭《あたま》をおさえた。

「いたっ！　な、なんだよ！　気味《きみ》が悪《わる》いぜ」

と、わめきながら走《はし》りさっていく。

わらってみていたもう一人《ひとり》も「おい、どうしたんだよ」とさけびながらおいかけていった。

スミキチは、ははーん、と笑顔《えがお》になると、

「大輔《だいすけ》か？」

とみまわした。

「わかった？　今《いま》の加藤《かとう》っていうんだ。いつもいばって、いやなやつなんだ。このチャンスに……、い、いや、きみを助《たす》けるために頭《あたま》を何度《なんど》かたたいてやった。ふふっ」

大輔《だいすけ》はあわてていいわけしながら、半透明《はんとうめい》の身体《からだ》をうれしそうにゆらした。

「お前《まえ》、もう身体《からだ》を固《かた》めるコツをつかんだのか？」

「風《かぜ》にとばされたとき、必死《ひっし》になって小枝《こえだ》にしがみついたんだ。そしたら、少《すこ》しの間《あいだ》だけど、なんとかかつかめた」

「そいつはよかったな。早《はや》いとこ慣《な》れてくれよ。さ、いくぜ」

スミキチはうらやましそうだったが、すぐにそっけない態度《たいど》で歩《ある》きだした。

大輔《だいすけ》は「ふふっ」とわらった。

家《いえ》に着《つ》くと、大輔《だいすけ》が教《おし》えたとおり、スミキチは元気《げんき》よく「ただいま」とさけんだ。

「おかえり。あら、左《ひだり》のほっぺが赤《あか》くなってるわ。どうしたの？」

リビングにはいるなり、母《かあ》さんがたずねた。

「なぐられただけ」

スミキチはぶっきらぼうに答える。

「なぐられたですって！　だれに？　どこで？」

母《かあ》さんがおどろいて、イスから立《た》ちあがった。

「いちいちうるさいな」

これでおさまるわけがない。母《かあ》さんがどなった。

「大輔《だいすけ》！　正直《しょうじき》に答《こた》えなさい！」

「加藤《かとう》がからんできたから、なぐっただけだ。そしたら、あいつもなぐってきた。あいつ、でかいわりにはたいした力《ちから》もなかったぜ」

「加藤《かとう》くんが？　だからって……」

「それからさ、あんた、ちょっとやかましいんだよ。おいらはさ、この家《いえ》に慣《な》れるためにいそがしいんだから、しずかにしててくれよ」

母《かあ》さんがうろたえて、しどろもどろになってたずねた。

「な、慣《な》れるってどういうこと？　大輔《だいすけ》はこの家《いえ》の子《こ》どもなのに。そうよね？」

なんだか自信《じしん》なさそうだ。

「あ、そうだった。いやあ、なんか世話《せわ》になって悪《わる》いね」

スミキチは頭《あたま》をかきながら階段《かいだん》をのぼっていった。母《かあ》さんはろうかでポカンと立《た》ちつくしている。

大輔《だいすけ》はおばけの身体《からだ》で遊《あそ》びにいきたかったが、スミキチを一人《ひとり》にすると、なにをやらかすか、わかったもんじゃない。翌日《よくじつ》の学校《がっこう》には大輔《だいすけ》もついていった。

さっそく加藤《かとう》がもう一人《ひとり》をしたがえてやってきた。

「きのうはよくも、このおれさまをなぐってくれたな」

「やあ、お前《まえ》か。頭《あたま》かかえて逃《に》げてった弱虫野郎《よわむしやろう》だな」

スミキチはいじわるくわらった。

「あ、あれは、なにか頭《あたま》に当《あ》たっただけだ。お前《まえ》のせいじゃない」

いいながら加藤《かとう》もほかの生徒《せいと》も、ふしぎそうにスミキチをみている。いつものぼくとちがいすぎるよ！　大輔《だいすけ》はハラハラした。

その日《ひ》の体育《たいいく》の授業《じゅぎょう》は、とび箱《ばこ》だった。

スミキチは「あらよっ！」と声《こえ》だけは元気《げんき》だが、いかにも重《おも》たげにドタドタ走《はし》ってお腹《なか》からとび箱《ばこ》にぶつかった。

「まったくもう。クラスのわらい者《もの》になるじゃないか。ぼくならとべるのに！」

大輔《だいすけ》が文句《もんく》をいうと、スミキチは、

「そのうちできるさ」

と平気《へいき》な顔《かお》だ。

「大輔《だいすけ》、具合《ぐあい》でも悪《わる》いの？」

クラスのみんながたずねると、

「足《あし》くじいてよう」

とすまして答《こた》えている。しかし、加藤《かとう》がこのときとばかりに、

「へえ、あんなのとべないんだ。はははは！」

とバカにして、大《おお》げさにわらいころげると、スミキチはかなりむっとしたようだ。

「ちょっととべないくらいでなんだよ。おれにはおれの都合《つごう》ってもんがあらあな！」

「とべないの大輔《だいすけ》だけじゃないか。みっともない」

「お前《まえ》にゃ関係《かんけい》ないだろ。お前《まえ》もヒマだねえ」

スミキチも負《ま》けずにいいかえした。が、眉《まゆ》をよせて、くやしそうにくちびるをかんでいる。


その夜《よる》、夕飯《ゆうはん》のあと大輔《だいすけ》の部屋《へや》で、スミキチは大輔《だいすけ》にいった。

「おい、学校《がっこう》にいくぞ」

「えっ、なんで?」

スミキチがうるさくいうので、大輔《だいすけ》はこっそりといっしょに家《いえ》をぬけだして、小学校《しょうがっこう》にむかった。学校《がっこう》はすぐ近《ちか》くで家《いえ》から五分《ふん》もかからない。

「お前《まえ》、中《なか》にはいったらカギをあけろ」

体育館《たいいくかん》の前《まえ》でスミキチがいった。大輔《だいすけ》はドアの前《まえ》でふりかえる。

「なんだよ、命令《めいれい》ばかりして。たのむときは『お願《ねが》いします』といえよ。でないとあけないよ」

「お、すまん」

スミキチはひとことといってにやついた。

しかたなく大輔《だいすけ》は壁《かべ》を通《とお》りぬけてから身体《からだ》を固《かた》くして、カギをあけてやった。

スミキチは無言《むごん》で倉庫《そうこ》からとび箱《ばこ》を一段《だん》ずつ運《はこ》びだした。重《かさ》ねてあったマットもひきずってくる。

練習《れんしゅう》するのか。大輔《だいすけ》は意外《いがい》な気《き》がしたが、それなら応援《おうえん》しようと思《おも》った。

スミキチがとび箱《ばこ》にむかって走《はし》りだす。踏《ふ》み切《き》り板《ばん》を強《つよ》くけってとぶ。

けれど、とび箱《ばこ》のはしにぶつかって、「いてて」と声《こえ》をあげた。

「踏《ふ》み切《き》り板《ばん》をけるタイミングが遅《おそ》いし、ジャンプも弱《よわ》いよ」

大輔《だいすけ》がアドバイスをすると、スミキチはふゆかいそうに横目《よこめ》でにらんでから、ジャンプの練習《れんしゅう》をはじめた。

「それに走《はし》るスピードも遅《おそ》いから、その練習《れんしゅう》もしなくちゃね」

つづけて大輔《だいすけ》がいうと、スミキチは、

「ああ、つまんねえ」

といって、大《だい》の字《じ》になって床《ゆか》にねころんでしまった。

なんだ、あの態度《たいど》は！　やる気《き》がないならしなきゃいい。

「なあスミキチ、ぼくら元《もと》の姿《すがた》にもどろうよ。そろそろできるんじゃない？」

むっとして大輔《だいすけ》がいうと、スミキチは、

「いやだ！」

と首《くび》を強《つよ》く横《よこ》にふった。

翌日《よくじつ》も、また夜《よる》になると、

「おい、いくぞ」

とスミキチは大輔《だいすけ》に命令《めいれい》した。そのあとで、あわてて、

「よろしくな」

とつけくわえた。

「まだつづける気《き》？」

もうやめるだろう、と思《おも》っていた大輔《だいすけ》はおどろいた。

「お前《まえ》は加藤《かとう》にバカにされていいのか？」

「ぼくが人間《にんげん》にもどればとべるもの」

「おいらだけとべないなんて、ゆるせねえ」

だったら、すなおにアドバイスをきけばいいのに。昨日《きのう》の、スミキチの反抗《はんこう》的《てき》な態度《たいど》に腹《はら》を立《た》てていた大輔《だいすけ》は冷《ひ》ややかにいった。

「どうせおばけなんだし、いいんじゃないの？」

今度《こんど》はスミキチがおこった。

「おばけをばかにするんじゃねえ！　今夜《こんや》もいくぞ！」

大輔《だいすけ》はカギをあけるのだけは手伝《てつだ》うが、ほとんど口《くち》をきかない。スミキチもぶすっと口《くち》をつぐんで練習《れんしゅう》をつづけた。二人《ふたり》の間《あいだ》は気《き》まずくなっていた。

しかしスミキチは本気《ほんき》だった。何度《なんど》失敗《しっぱい》してもあきらめない。毎日《まいにち》、熱心《ねっしん》に練習《れんしゅう》をくりかえして、スピードもジャンプもかなり上達《じょうたつ》した。

だが、とび箱《ばこ》をとぶとわずかにお尻《しり》がひっかかる。しくじるたびにスミキチは、一人《ひとり》でうなったりおこったりした。

スミキチがとび箱《ばこ》に手《て》をつく位置《いち》が気《き》になったが、注意《ちゅうい》しても、どうせ、スミキチはふてくされるに決《き》まってる、と思《おも》うと、大輔《だいすけ》はすすんで教《おし》える気《き》もちになれなかった。

一週間後《しゅうかんご》、体育《たいいく》の授業《じゅぎょう》がはじまった。その日《ひ》はとび箱《ばこ》のテストだ。先生《せんせい》が採《さい》点《てん》する前《まえ》を全員《ぜんいん》がとぶのだ。

大輔《だいすけ》は体育館《たいいくかん》の上《うえ》のほうにうかんでながめていた。

一人《ひとり》、また一人《ひとり》とクリアしていく。スミキチは平気《へいき》なふりをしているが、表《ひょう》情《じょう》はかたい。本当《ほんとう》はとても緊張《きんちょう》していることに、大輔《だいすけ》は気《き》づいた。

とうとうスミキチの番《ばん》がまわってきた。スミキチは深《ふか》く息《いき》をすって、真剣《しんけん》な顔《かお》で立《た》ちあがる。大輔《だいすけ》は、もうだまっていられなくて、思《おも》わずスミキチに近《ちか》づくと耳元《みみもと》でささやいた。

「とび箱《ばこ》に手《て》をつく場所《ばしょ》、もっとむこうに」

スミキチはかすかにうなずいた。

大輔《だいすけ》は、今度《こんど》はとび箱《ばこ》のむこうの上《うえ》のほうにとんでいって、そこからスミキチをみた。キリリとひきしまった表情《ひょうじょう》をしている。われながら、男《おとこ》らしい顔《かお》つきだ。

スミキチは、助走《じょそう》をつける前《まえ》に軽《かる》くジャンプしてから走《はし》りだした。とび箱《ばこ》に近《ちか》づいてくる。がんばれ！　大輔《だいすけ》は、しらずに身体《からだ》に力《ちから》がはいった。

タッタッタ！　バタッ！

踏《ふ》み切《き》り板《ばん》をける音《おと》。そして次《つぎ》のしゅんかん、
ビューン！

スミキチはとび箱《ばこ》の上《うえ》を高《たか》くとんでいた！

お尻《しり》がちゃんとあがっている。両手《りょうて》も遠《とお》くについていた。

とべた！

生徒《せいと》たちから歓声《かんせい》があがった。

大輔《だいすけ》は胸《むね》がキューンと熱《あつ》くなって、思《おも》わず両手《りょうて》でガッツポーズをした……。

のはいいが、バランスをくずし、着地《ちゃくち》して走《はし》りだしたスミキチの上《うえ》に……、

ドシーン！

「いててててっ」

大輔《だいすけ》は頭《あたま》をおさえてうずくまった。

……あれ？

気《き》がついたら大輔《だいすけ》は、床《ゆか》にころがっている。

「そんなにうれしいのかよー！」

「床《ゆか》でねころんじゃうぐらいに？」

数人《すうにん》の友《とも》だちが大輔《だいすけ》を笑顔《えがお》で取《と》りかこんでいる。

友《とも》だちに、みえている？

大輔《だいすけ》は自分《じぶん》の身体《からだ》をみおろした。手《て》も足《あし》も……すきとおってない！

「わあー、もどった！」

とつぜんの大声《おおごえ》に、友《とも》だちがあっけに取《と》られている。

ということは、スミキチは……？


「ここだよ」

頭《あたま》の上《うえ》で声《こえ》がした。みあげると、ピンポン玉《だま》の黒目《くろめ》がかすかにみえる。

「人間《にんげん》の身体《からだ》も、悪《わる》くなかったぜ」

スミキチは満足《まんぞく》そうだった。

「とべてよかったね！」

大輔《だいすけ》も笑顔《えがお》でいった。

「おいらにできねぇことはねぇってことよ。お前《まえ》にはめいわくかけたな。またな！」

えらそうにいうと、スミキチはいなくなった。

えっ、あっ、なんだよ、ぼくは、まだ、さよならをいってないのに。

あっさりいっちゃった……。

大輔《だいすけ》は、ポツンと残《のこ》された気《き》がした。だけど、スミキチは、またどこかでカラスをおいかけるんだろうな、と思《おも》うと、しだいに笑《え》みがこみあげた。

それからは、風《かぜ》がうなるたびに、カラスがさわぐたびに、大輔《だいすけ》はふっと思《おも》いだしては、空《そら》をみあげてつぶやくのだった。

また、会《あ》いにこいよ。スミキチ。

ぞくぞくびっくり箱

ネトネトおばけのたおし方《かた》

赤羽じゅんこ・作　橋　賢亀・絵

「おーい、そこの男の子《おとこ》《こ》。まて。落《お》とし物《もの》だぞ」

学校《がっこう》からの帰《かえ》り道《みち》、家《いえ》まであと五分《ふん》というところで、ぼくはよびとめられた。

ふりむくと、つえをついたおじいさん。手《て》にもったくしゃくしゃの紙《かみ》をふっている。ぼくのテストだ。それも三〇点《てん》の。

「あー、もう」

ぼくは思《おも》わず舌打《したう》ちした。ママに見《み》せないで捨《す》てちゃおうと、公園《こうえん》のゴミ箱《ばこ》にいれたのに、わざわざひろってくれたみたい。まったく、よけいなお世話《せわ》じいさんだ。

「ありがとうございます」

ぼくが受《う》けとろうと手《て》をだしたのに、そのおじいさんは、さっとテストを頭《ず》上《じょう》にあげた。

「きみ、第《だい》一小《しょう》の三年《ねん》三組《くみ》か？」

「は、はい」

「では、きみをみこんで、たのみたいことがある」

かかげたテストをひらひらさせて、おじいさんは、クフフとわらう。

「さきに、テスト、かえしてください」

「いやじゃ、いやじゃ。おばけをつかまえてからじゃないと、かえさない」

「お、おばけ」

目《め》をむいて大声《おおごえ》をあげると、おじいさんは、シッとくちびるにひとさし指《ゆび》をあてた。

「声《こえ》がでかい。つかまえてほしいのは、ネトネトおばけじゃ。おこりんぼおばけともいう。わしはおばけ研究《けんきゅう》と回収《かいしゅう》をやっている小羽芥子太郎《おばけしたろう》じゃ。みょうじは『おば』だ。おばけし・たろうじゃないぞ。まちがえるな」

おじいさんは、つえで地面《じめん》に字《じ》を書《か》きながらいう。

30

（この人《ひと》、からかってるのかな？）

ぜったいあやしい。小羽芥子太郎《おばけしたろう》なんて、けしゴムみたいなへんてこな名前《なまえ》の人《ひと》を信用《しんよう》しろといわれたって無理《むり》だ。でも、おじいさんは、いたってまじめ。

「さて、きみの担任《たんにん》、最近《さいきん》、おかしなことないかい？　よくおこるとか、宿題《しゅくだい》が多《おお》いとか」

「ある、ある。ありますよ」

白田有子先生《しろたゆうこせんせい》は、やさしい先生《せんせい》で有名《ゆうめい》だったのに、最近《さいきん》、いやにおこりっぽい。女子《じょし》なんて、『恋人《こいびと》にふられたんじゃないか』ってうわさしている。

「それ、ネトネトおばけのせいなんじゃ。あいつに取《と》りつかれると、やたらおこるようになる。取《と》りつかれてる期間《きかん》が長《なが》いと、おこり方《かた》がひどくなっていくのじゃ。ほうっておくと、宿題《しゅくだい》もどんどんふえるぞ」

「それはこまる！」

「そうじゃろ。だから、ええと、五井一也《ごいかずや》くん。きみにやってもらいたい。ぶじ、おばけを回収《かいしゅう》したら、これ、かえしてやる」

おじいさんは、ぼくの名前《なまえ》を読《よ》みあげ、テストをポケットにいれてしまった。

「回収《かいしゅう》できなかったら？」

「このテストをどこかの掲示板《けいじばん》にはりだすまでだ。落《お》とし物《もの》としてな。イヒヒヒ」

おじいさんは、アニメの悪者《わるもの》みたいな声《こえ》でわらう。

「ひどいよ。ママにおこられる」

「だいじょうぶじゃ。やり方《かた》は、かんたんじゃ。このメガネをかけるとネトネトおばけをみることができる。先生《せんせい》の背中《せなか》にべったりはりついているはずだ」

ベストのポケットから、赤《あか》と黄色《きいろ》のストライプのど派手《はで》なメガネを取《と》りだした。

「おばけは、このビンにいれてとってほしい。ビンのラベルに使《つか》い方《かた》が書《か》いてある」

と、いわれても、おじいさんがもっているはずのビンがみえない。メガネをかけると、牛乳《ぎゅうにゅう》ビンみたいな透明《とうめい》なビンがみえた。

「きみ、ひとりでやるんじゃぞ。では、明日《あした》、ここであおう」

おじいさんは、ぼくに無理《むり》やりビンとメガネをおしつけると、つえをふりまわしながら、すたすたと歩《ある》いていく。

「まってよ。ちょ、ちょっと」

まだいろいろききたい。だから角《かど》をまがっていくおじいさんをおいかけた。

「ええっ！」

ぼくは、息《いき》をのんだ。おじいさんのすがたは、どこにもみえなかった。

家《いえ》にもどると、すぐにぼくは、ビンにはってある説明《せつめい》書《が》きを読《よ》んだ。

《ネトネトおばけのつかまえ方《かた》》
ネトネトおばけは、人《ひと》に取《と》りついて、その人《ひと》を『おこりんぼ』にします。取《と》りついている人《ひと》の肩《かた》をたたき、『わらったほうが楽《たの》しいよ』というと、はなれるので、ビンをさしだしてつかまえてください。

なーんだ、かんたんだと思《おも》った。おばけを回収《かいしゅう》するなんていうから、もっとたいへんなことかと思《おも》ったけど、このくらいならできそう。

なにをかくそう、ぼくは有子先生《ゆうこせんせい》のファン。

やさしい有子先生《ゆうこせんせい》を取《と》りもどすためなら、このくらいなんてことない。

ぼくは次《つぎ》の日《ひ》、メガネとビンをもって、はりきって学校《がっこう》にいった。

ガラガラッ

戸《と》があいて、教室《きょうしつ》に有子先生《ゆうこせんせい》がはいってきた。

いそいでメガネをかけると——

いたいた。有子先生《ゆうこせんせい》の背中《せなか》に二十センチくらいの灰色《はいいろ》っぽい黒《くろ》のスライムがはりついている。

有子先生《ゆうこせんせい》は黒板《こくばん》の前《まえ》に立《た》つと、眉《まゆ》をきゅっとよせた。

「あら、また、机《つくえ》の列《れつ》がまがってるじゃないの。ちゃんとなおしなさい。ほら、三班《ばん》、何度《なんど》いったらわかるの」

みんなびびって、机《つくえ》をなおしだした。

いつもは、有子先生《ゆうこせんせい》は机《つくえ》がまがっていることなど、注意《ちゅうい》しない。昨日《きのう》あった楽《たの》しかったことや、おもしろかった本《ほん》の話《はなし》をしてくれる。長《なが》い髪《かみ》もきれいで、人気《にんき》の先生《せんせい》。

それが、顔《かお》つきまでこわくなってる。

「あら、五井《ごい》くん、メガネなんてして、視力《しりょく》がおちたの?」

有子先生《ゆうこせんせい》がこっちをみる。

「は、はい。ちょっと……」

ぼくは、ストライプもようのメガネに手《て》をあてる。

「教室《きょうしつ》は勉強《べんきょう》をするところ。おしゃれをする場所《ばしょ》ではありません。あんまり派《は》手《で》なメガネは、感心《かんしん》しませんね。今回《こんかい》はしかたありませんが、みなさんも、目《め》立《だ》つアクセサリーなどは禁止《きんし》。みつけたら、取《と》りあげますからね」

有子先生《ゆうこせんせい》がぐるりと教室《きょうしつ》をみまわした。ななめ前《まえ》の沙由理《さゆり》が、髪《かみ》かざりをはずし、うつむいて机《つくえ》にかくしている。クラス全体《ぜんたい》が暗《くら》い雰囲気《ふんいき》になり、シーンとしずまりかえる。

（これは有子先生《ゆうこせんせい》の危機《きき》だ）

早《はや》くネトネトおばけをつかまえないと、有子先生《ゆうこせんせい》はどんどんみんなにきらわれてしまう。ぼくはおばけ退治《たいじ》を、次《つぎ》の休《やす》み時間《じかん》に決行《けっこう》することにした。

ぼくは、一時間目《じかんめ》がおわると同時《どうじ》に、有子先生《ゆうこせんせい》のあとをつけて教室《きょうしつ》をでた。

足音《あしおと》をしのばせてそばにいき、有子先生《ゆうこせんせい》の肩《かた》に手《て》をのばしかけた、その時《とき》、有子先生《ゆうこせんせい》がくるりとうしろをふりむいた。

「なんですか？　五井《ごい》くん、質問《しつもん》ですか？」

「い、いえ」

正面《しょうめん》からみつめられ、ぼくの心臓《しんぞう》はばくはつすんぜん。口《くち》をぱくぱくさせるのがせいいっぱいで、なにもいえない。

「なんでもありません」

ぴゅうーと走《はし》って、逃《に》げてしまった。

次《つぎ》こそ成功《せいこう》させるぞと、二十分休《ぷんやす》みのおわり、職員室《しょくいんしつ》のドアの前《まえ》でまってることにした。

有子先生《ゆうこせんせい》は白《しろ》いブラウスにオレンジのカーディガンを着《き》ていた。だから、オレンジのカーディガンがでてきたら、肩《かた》をたたけばいい。

まつこと、十分《ぷん》。

やっと、職員室《しょくいんしつ》のドアから、オレンジ色《いろ》の服《ふく》を着《き》た先生《せんせい》がでてきたので、いそいで肩《かた》をたたいた。

「わらったほうが楽《たの》しいよ」

小声《こごえ》でささやいて、他人《たにん》にはみえないビンをさしだしたところで、ぼくは凍《こお》りついた。ふりむいたのは白髪《しらが》まじりの家庭科《かていか》の先生《せんせい》！

「あら、どうしたの？　だれかさがしてる？」

「あ、あの……」

ぼくがカーディガンをみているのに気《き》がつき、家庭科《かていか》の先生《せんせい》はうなずいた。

「これ、寒《さむ》いから借《か》りたの。有子先生《ゆうこせんせい》なら、まだ机《つくえ》にいるわ。よびますか？」

「い、いえ、いいです」

ぼくは首《くび》をふると、いそいでかけだした。顔《かお》がカーッと熱《あつ》くなる。消《き》えてしまいたいくらい、はずかしい。

《わらったほうが楽《たの》しいよ》

たったこれだけのかんたんなセリフ。長《なが》くもないし、むずかしくもないセリフ。

けど、伝《つた》えるのは思《おも》ったよりたいへんだ。

三時間目《じかんめ》、四時間目《じかんめ》と、有子先生《ゆうこせんせい》のおこる回数《かいすう》はどんどん多《おお》くなっていった。だされる宿題《しゅくだい》の量《りょう》もふえていく。背中《せなか》のネトネトおばけも、ふとって重《おも》そうになっていく。

なんとかしなきゃと気《き》はあせるが、失敗《しっぱい》がこたえて行動《こうどう》できない。なさけないぼく。

そういえば、ここぞという時《とき》に、ぼくはミスをしてきた。

運動会《うんどうかい》だって、一位《い》でゴールすんぜん、ビデオを撮《と》るママに手《て》をふったばかりにぬかされてしまった。

野球《やきゅう》だって、満塁《まんるい》でチャンスという時《とき》にかぎって打《う》てない。10対《たい》1で負《ま》けていて、打《う》っても勝《か》てない時《とき》だけ、ホームランを打《う》ったりする。

でも、神《かみ》さまはぼくにチャンスをくれた。

有子先生《ゆうこせんせい》が、ぼくたち三班《ぱん》といっしょに給食《きゅうしょく》を食《た》べることになったんだ。健《けん》人《と》くんが休《やす》みなので、その席《せき》にくる。つまり、ぼくのとなり。

給食《きゅうしょく》は大好《だいす》きなカレーライスだが、先生《せんせい》の肩《かた》をたたくタイミングを考《かんが》えると、スプーンをもつ手《て》がかたまってしまう。

「早《はや》く食《た》べなさい。給食《きゅうしょく》の時間《じかん》がおわってしまうわ」

と、有子先生《ゆうこせんせい》。背中《せなか》のネトネトおばけも、ねっとりした目《め》つきでこっちをみる。

今《いま》だ、と心《こころ》の声《こえ》がさけんだ。

ぼくは勇気《ゆうき》をふりしぼって、有子先生《ゆうこせんせい》の肩《かた》をたたいた。

「わらったほうが楽《たの》しいよ」

有子先生《ゆうこせんせい》も班《はん》のみんなも、きょとんと目《め》をまるくする。

そんな中《なか》、ネトネトおばけは、くるしそうに体《からだ》をゆらし、ふるえだした。有《ゆう》子先生《こせんせい》の背中《せなか》からはなれていこうとしている。

そうだ、ビンをださなきゃと、あわてて机《つくえ》に手《て》をいれた。ところがビンはすべる。つかみそこねたビンは、床《ゆか》に落《お》ちてころころ。

まずい。早《はや》くひろわなきゃ。

かがんで机《つくえ》の下《した》に手《て》をのばした時《とき》だ。背中《せなか》がひゃっと冷《つめ》たくなった。ねっとりとしたものがはりついたような、いやな感触《かんしょく》。

なんと、ネトネトおばけがぼくの背中《せなか》にとびうつってる！　ぼくは、ネトネトおばけに取《と》りつかれてしまったのだ。

ぼくはうろたえた。ここぞという時《とき》に失敗《しっぱい》する性格《せいかく》が、またでてしまったと。

班長《はんちょう》の美樹《みき》が、あやしむようなまなざしをぼくにむけた。

「五井《ごい》くん、さっきからなにしているの？　そわそわへんな風《ふう》に動《うご》いたり、机《つくえ》の下《した》をのぞいたり」

「うるせー。いいだろ。このブス」

気《き》がつくと、口《くち》から悪口《わるぐち》がでている。

「ひどい。ブスって！　なによ。あんただって、チビじゃない」

美樹《みき》とぼくはにらみあった。

「あらあら、ふたりとも、やめて。そんな口《くち》のきき方《かた》はよくないわ」

有子先生《ゆうこせんせい》はおろおろ。ネトネトおばけが取《と》れて、いつものやさしい話《はな》し方《かた》にもどっている。

でも、ぼくはそれさえカチンときてしまう。

「やだね。アッカンベーだ。ブスだからブスだっていったんだよ」

そのまま、だれの顔《かお》もみないで、カレーライスをがつがつと食《た》べた。

「ちぇっ、まずいカレーだな。肉《にく》も小《ちい》さいし」

なぜか、いろんなことがおもしろくない。

そんなぼくを、班《はん》のみんなは、おびえた目《め》でみている。

ぼくは、はっとした。

（どうしよう。どんどんいやなやつになっていってしまう）

ぼくは、給食《きゅうしょく》がおわると、いそいでトイレにとんでいった。鏡《かがみ》にうつすと、背中《せなか》にはりついているネトネトおばけが、はっきりみえた。

ふるい落《お》とそうと、ダンスみたいに体《からだ》を動《うご》かしてみたが、おばけはぴったりくっついたまま、にやにやわらってる。

「ちきしょう」

くやしくて鏡《かがみ》にむかってどなったら、そばにいたやつがこわがって、ダーッとでていってしまった。

いけない。これじゃ、おばけの思《おも》うつぼだ。

ぼくは、落《お》ちつけ、と必死《ひっし》で自分《じぶん》にいいきかせた。そして、ビンにはってある説明書《せつめいが》きをもう一度《ど》よくみた。

「あっ！」

注意書《ちゅういが》きがあった。小《ちい》さな字《じ》なので、みのがしていたのだ。

※万《まん》が一、ネトネトおばけが自分《じぶん》に取《と》りついてしまった時《とき》は、
おばけがいちばんいやがることをする。


暗《くら》かった目《め》の前《まえ》が明《あか》るくなった。おいはらう方法《ほうほう》があったんだ。

だけど、おばけがいやがることって、なんだろう？

トイレからでて、考《かんが》えながらろうかを歩《ある》く。だれかをみると、むずむずおこ

りたくなる。それをがまんするのは、息《いき》をとめるくらいたいへん。

おばけのいやがることを、早《はや》くしなきゃ。

おこることと、反対《はんたい》のことだ。

そうなると……。

予鈴《よれい》のチャイムがなった。

五時間目《じかんめ》がはじまってしまう。

ぼくが教室《きょうしつ》にはいっていくと、班長《はんちょう》の美樹《みき》が机《つくえ》につっぷして泣《な》いていた。ぼくにブスっていわれたせいで、他《ほか》の男子《だんし》からもからかわれたらしい。まわりの美樹《みき》の友《とも》だちも、ぼくをにらんでいる。

美樹《みき》は、本当《ほんとう》はブスなんかじゃなくて、とってもかわいい女《おんな》の子《こ》。内心《ないしん》ちょっと好《す》きかもって思《おも》っている。

なのに、ぼくの口《くち》は、『なに、めそめそしてるんだ』とか、『ジロジロみるな』

とかいいたくてたまらない。

ぼくはこぶしをぎゅっとにぎり、体全体《からだぜんたい》に力《ちから》をいれた。ネトネトおばけなかに、負《ま》けるもんかと、奥歯《おくば》をかみしめる。

そして、つかつかと美樹《みき》の横《よこ》にいった。

「な、なによ」

美樹《みき》が身《み》がまえた。ぼくは、思《おも》いきってぺこんと頭《あたま》をさげた。

「いやなこといって、ごめん。美樹《みき》ちゃんはブスじゃない。へんな顔《かお》は、ぼくのほうだよーん」

ぼくはゴリラの顔《かお》まねをしながら、頭《あたま》をあげた。

美樹《みき》はぽかーん。まわりの友《とも》だちも、ばっかじゃないのって顔《かお》でぼくをみてる。

でも、ぼくは、白目《しろめ》もむいて、変顔《へんがお》をつづけた。

「ゆるして、ちょんまげ〜〜」

ふるすぎるギャグをいったところで、美樹《みき》の顔《かお》がゆがんだ。

「ぷっ、へんなの」

思《おも》わずふきだしたんだ。

まわりの友《とも》だちも、つられてわらいだした。美樹《みき》のまわりの空気《くうき》がなごんでいく。

「あっ」

ぼくは、背中《せなか》がすうっと軽《かる》くなるのを感《かん》じた。ネトネトおばけが、ぼくの背《せ》中《なか》からはなれようとしている。

ぼくはポケットからビンを取《と》りだした。ネトネトおばけが、ひゅんと音《おと》をたててすいこまれていった。いそいで、ビンにぎゅっとふたをする。

（やったー）

ぼくは、こぶしをふりあげ、思《おも》いっきりとびあがっていた。

学校《がっこう》がおわるとすぐ、はずむボールのようにうきうきと家《いえ》にむかった。ネトネトおばけが取《と》れた背中《せなか》は、羽《はね》がついたように軽《かる》い。

ぼくが美樹《みき》ちゃんにした「へん顔《がお》」は、女子《じょし》たちにとてもうけた。あやまったことも、よかったみたいで、「おもしろキャラ」として、人気《にんき》があがったみたい。

「これでテストを回収《かいしゅう》すれば、すべてOK《オーケー》だ」

ぼくがうきうき角《かど》をまがると、家《いえ》の前《まえ》に立《た》ってる小羽芥子太郎《おばけしたろう》がみえた。今日《きょう》もつえをつき、弱々《よわよわ》しいおじいさんのふりをしている。

「おう、おう、その顔《かお》は、うまくいったようじゃな」

ぼくをみつけると、つえをふりあげた。

「はい。これ」

胸《むね》をはって、ビンをさしだした。

「よくやった。これは活《い》きがいい、立派《りっぱ》なネトネトおばけだ。どうじゃ。回収《かいしゅう》はむずかしかったか?」

小羽芥子太郎《おばけしたろう》は、ビンを日《ひ》ざしにすかしながらじっくりながめる。

「どうってことなかったよ」

ぼくは強《つよ》がって、胸《むね》をはる。

「ほほう。そうか。きみにたのんで、正解《せいかい》だったな。じゃ、メガネもかえしてくれ」

「いいけど、テストは?」

ぼくはメガネをわたしながらきく。

「ああ、あれか。あれは、そのな……。さっき、きみんちのポストにいれておいた。かえしわすれるといけないと思《おも》ってな」

「ええっ！　そ、そんな」

ぼくはいそいで門《もん》をあけ、ポストをのぞく。でも、テストはない。

悪《わる》い予感《よかん》がこみあげてきた。

同時《どうじ》に、家《いえ》の中《なか》から声《こえ》がした。

「一也《かずや》、かえったの？　なら、早《はや》くこっちにきなさい！」

ママだ。声《こえ》がものすごくおこっている。

あれは、三十点《てん》のテストをみつけた声《こえ》だ
「ひでーぇ。約束《やくそく》がちがうだろ」

ぼくは、キッとしてふりむいた。でも、そこに小羽芥子太郎《おばけしたろう》のすがたは、すでになかった。けむりみたいに消《き》えている。

「イヒヒ。悪《わる》く思《おも》うなよ。またな」

アニメの悪者《わるもの》みたいなわらい声《ごえ》が、残《のこ》っているだけだった。

ぞくぞくびっくり箱

えんぴつのブライシュ博士《はかせ》

押川理佐・作　後藤あゆみ・絵

「あー、もう。なーんにも書《か》くことないよ」

ともかは、「うーん」といすにのけぞりました。机《つくえ》にはノート。開《ひら》いたページは真《ま》っ白《しろ》です。

新《あたら》しい担任《たんにん》の石田《いしだ》みほ先生《せんせい》は、宿題《しゅくだい》をだすのが大好《だいす》きでした。毎日《まいにち》、計算《けいさん》や漢字《かんじ》のプリントがじゃんじゃん配《くば》られます。

中《なか》でも、ともかがいやなのは、毎週月曜提出《まいしゅうげつようていしゅつ》の、一週間日記《しゅうかんにっき》です。ノート二ページに前《まえ》の週《しゅう》のできごとを書《か》いて、先生《せんせい》にみせるのです。

最初《さいしょ》のうちは、三年生《ねんせい》で新《あたら》しいクラスになったことだとか、連休《れんきゅう》におばあちゃんの家《いえ》にいったことだとか、がんばって書《か》いていましたが、みるみる書《か》くことがなくなりました。もともと作文《さくぶん》が苦手《にがて》なのです。

「心《こころ》に残《のこ》ったことを自由《じゆう》に書《か》けばいいのよ」

と、いつも先生《せんせい》はいいました。

「自由《じゆう》に書《か》けるくらいなら、苦労《くろう》はないって」

ともかはピンク色《いろ》のえんぴつを、指《ゆび》でピンとはじきました。するとえんぴつは机《つくえ》の上《うえ》をころころ転《ころ》がって、かべとのすきまに落《お》ちました。

あわててのぞいてみましたが、せまくてよくみえません。あきらめてふで箱《ばこ》をあけると、消《け》しゴムばかりでえんぴつは一本《ぽん》もありません。

「そうだ、この前《まえ》も一本《ぽん》なくしたんだった」

ともかは机《つくえ》の引《ひ》きだしをひっくりかえしてみました。えんぴつの一本《ぽん》くらいあるはずです。すると、奥《おく》の方《ほう》から小《ちい》さな木箱《きばこ》がでてきました。

「あっ、これってたしか……」

ぱかっとあけてみると、思《おも》った通《とお》り、古《ふる》いえんぴつが一本《ぽん》はいっていました。去年《きょねん》お父《とう》さんが、お店《みせ》から持《も》ってきて、ともかにくれたのです。

お父《とう》さんは、駅前《えきまえ》でアンティークショップをやっています。このえんぴつは、ドイツ製《せい》の机《つくえ》を仕入《しい》れたら、引《ひ》きだしにはいっていたのだそうですが、どうみてもうす汚《よご》れたがらくたです。

色《いろ》はくすんだ茶色《ちゃいろ》で、あちこち細《こま》かい傷《きず》があります。銀色《ぎんいろ》のキャップがついていて、模様《もよう》がほってあるのですが、黒《くろ》ずんでいてなんだかよくわかりません。とにかく全然《ぜんぜん》かわいくないので、しまったままわすれていたのですが、ここで役《やく》に立《た》つとは思《おも》いませんでした。さっそくキャップをはずして机《つくえ》にむかいます。

「なんでもいいんなら、先週《せんしゅう》食《た》べたものでも書《か》いといてやれ。うどん、ちくわ、トマト……」

いつものぐちゃぐちゃの字《じ》で、ノートにずらずら、食《た》べものの名前《なまえ》を書《か》きはじめました。これで二ページごまかすつもりなのです。

ところが次《つぎ》の日《ひ》。放課後《ほうかご》、ともかは教室《きょうしつ》で、石田先生《いしだせんせい》によばれました。

「柴崎《しばさき》さん。大人《おとな》に手伝《てつだ》ってもらうのは、なし。自分《じぶん》でやりましょう。いくらりっぱな文章《ぶんしょう》でも、これでは宿題《しゅくだい》の意味《いみ》がありませんよ」

といって、ともかの週間日記《しゅうかんにっき》ノートをかえしてよこしたのです。ともかは、なんのことだかわからずに、帰《かえ》り道《みち》、ノートをひらいてみました。

「あっ！」

ノートには、みたこともない文章《ぶんしょう》が、細《こま》かい字《じ》でびっしりと書《か》きこんでありました。

バロック芸術に筆記具が与えた影響

三年二組　柴崎朋花

とかく人間は偏重著しい既成概念から脱却できずに、結果として芸術の神髄を見誤りがちである。そもそも、われわれ筆記具と違い…

まだまだ、えんえんとつづくのですが、むずかしい漢字《かんじ》だらけで半分《はんぶん》も読《よ》めません。それなのに『柴崎朋花』と、ともかの名前《なまえ》が書《か》いてあるのです。

「こんなの、あたし書《か》いたおぼえないよ！」

一体《いったい》だれのしわざなのでしょう。じょうだん好《ず》きのお父《とう》さんなら、なんとなくやりかねません。でもこの教科書《きょうかしょ》みたいにきれいな字《じ》は、お父《とう》さんの字《じ》ではありません。ともかがゆうべ書《か》いた、でたらめな食《た》べもの日記《にっき》は、あとかたもなく消《け》されていました。

「やっぱりお父《とう》さんかな。よけいなことして」

今日《きょう》の宿題《しゅくだい》は計算《けいさん》プリントでした。その上《うえ》、日記《にっき》の書《か》きなおしです。ぶつぶついいながらプリントを広《ひろ》げました。苦手《にがて》なかけ算《ざん》です。

「こういうときは、野生《やせい》のカンで、と」

3×12＝38
4×15＝45

いつものように思《おも》いつきで答《こた》えを書《か》いていたときです。三問目《もんめ》を書《か》こうとしたともかの手《て》が、クッと、とまりました。

「あ、あれ？　書《か》けないな」

えんぴつが、紙《かみ》にとまったまま動《うご》かないのです。

「ひっかかってるのかな？」

力《ちから》まかせに動《うご》かそうとしたときでした。

「やめんか！」

手《て》もとでするどい声《こえ》がしました。

「人《ひと》を折《お》る気《き》か、このばかもの！」

あっけに取《と》られているともかの前《まえ》で、えんぴつはくるりととんぼを切《き》り、しんを上《うえ》にぴんと立《た》ちあがったのです。

「なんで3×12が38なんだ！　九九《くく》を習《なら》っただろう。さんにが、なんだ。いってみろ！」

「さんにが、さんにが、えーと、ご……？」

ともかが思《おも》わず答《こた》えると、えんぴつはハア～ッとため息《いき》をつき、くの字《じ》にしなりました。

「キホンからなっとらん。こんなまちがいだらけの答《こた》えを書《か》いたら、わしのコケンにかかわる。なによりもう、気《き》もち悪《わる》くて、気《き》もち悪《わる》くて」

ぷるぷるとふるえながら、まくしたてます。

「しかも、まちがいだけならまだしも、お前《まえ》の字《じ》のきたなさ。字《じ》をばかにするにもほどがある！」

ともかは何度《なんど》もまばたきをして、えんぴつをみつめました。とがったしんのすぐ下《した》に、いつのまにか、二《ふた》つのするどいギョロ目《め》と、ぱくぱく動《うご》く大《おお》きな口《くち》がついていています。どこからどうみてもただの古《ふる》ぼけたえんぴつなのに、ともかのノートの上《うえ》をぴょんぴょんと一本足《ぽんあし》ではねまわり、六角形《かくけい》の細《ほそ》い胴体《どうたい》をくねらせては、怒《いか》りにまかせてどなりちらしているのです。

「あなた、えんぴつ……ですよね?」

おずおずとききました。するとえんぴつは、しんの先《さき》をともかの顔《かお》につきつけました。

「お前《まえ》、いまちらっとわしをみくだしただろう。ただのえんぴつと思《おも》うなよ。お前《まえ》なんかより、百年《ねん》も長《なが》く生《い》きている、えんぴつのベテランだぞ」

と、ふんぞりかえります。

「わしの名《な》はブライシュ博士《はかせ》。もとは、かの天才発明家《てんさいはつめいか》、エジソンのおじさんの、オジソンの愛用《あいよう》のえんぴつだった。世界中《せかいじゅう》をあっとおどろかせた発明《はつめい》の論《ろん》文《ぶん》は、このわしが書《か》いたのだ。……まあ、内容《ないよう》はオジソン博士《はかせ》が考《かんが》えたものだが、実際《じっさい》に紙《かみ》に字《じ》を書《か》いたのはえんぴつのこのわしだ。そのあとは、詩人《しじん》のヘルマン・ヘッセの弟子《でし》の、ヘルモン・デッセのところで、美《うつく》しい詩《し》をいくつも書《か》きつづったものだ」

ここでえんぴつ、いやブライシュ博士《はかせ》は身《み》をよじらせ、すっとんきょうな声《こえ》をだしました。

「ああきみよ〜、うるわしき乙女《おとめ》よ〜、月影《つきかげ》にわれ一人《ひとり》うれうう〜っ……！」

自分《じぶん》の言葉《ことば》に、酔《よ》いしれているようです。

「美《うつく》しい詩《し》を書《か》くためなら、身《み》をけずりにけずられ、なくなってもかまわなかった。だがデッセは病《やまい》で世《よ》を去《さ》った。わしは机《つくえ》の引《ひ》きだしにしまわれ、長《なが》いことねむっていたのだ」

Dr.Bleis
Desse
Odison

そこまで語《かた》ると、ブライシュ博士《はかせ》はだまりこみ、またぷるぷると体《からだ》をふるわせました。

「……それが目《め》がさめたら、こんな、落書《らくが》きと消《け》しゴムのカスだらけのうすぎたない場所《ばしょ》にいるじゃないか」

いまいましげに、ともかの机《つくえ》をみおろします。

「なんだここはと思《おも》っているうちに、お前《まえ》がわしをつかんで、いきなりわけのわからん文《ぶん》を書《か》きはじめたのだ。あのきたない字《じ》で！」

「あっ、あの日記《にっき》……」

「あんなもの、残《のこ》しておいたらわしのえんぴつ人生《じんせい》の汚点《おてん》になってしまう。夜《よる》のうちに、消《け》しゴムに命《めい》じて全部《ぜんぶ》消《け》してやった」

「消《け》しゴムに？　じゃあ消《け》しゴムもなの？」

ともかは、文房具《ぶんぼうぐ》たちが夜中《よなか》に動《うご》きまわっているところを想像《そうぞう》して、ゾッとしました。

「あいつらは勝手《かって》には動《うご》けん。わしの命令《めいれい》にしたがったまでだ」

博士《はかせ》の説明《せつめい》によると、文房具《ぶんぼうぐ》は大体《だいたい》百年《ねん》たつと自由《じゆう》になるのだそうです。でも、勝手《かって》に動《うご》きまわったりはせず、持《も》ち主《ぬし》に協力《きょうりょく》して、仕事《しごと》をするのだそうです。

「みんな、自分《じぶん》の職《しょく》にほこりを持《も》っとるからな」

博士《はかせ》はいばっていいました。ともかは、とにかく自分《じぶん》の文房具《ぶんぼうぐ》がみんな妖怪《ようかい》みたいになっていなくてよかったと、ほっとしました。

「ただ消《け》してやるだけでもよかったんだが、まあ、わしにも情《なさ》けはある。かわりに、最高《さいこう》の論文《ろんぶん》を書《か》いておいてやった。ああ、礼《れい》はいい。わしが好《す》きでやったことだからな」

「お礼《れい》どころか、おかげで先生《せんせい》におこられたよ」

ともかがぶすっとつぶやくと、
「なんだと、あの教師《きょうし》め。小娘《こむすめ》のぶんざいで、わしの芸術論《げいじゅつろん》がわかった上《うえ》で
いっとるのか！」
「しらないけど、とにかく宿題《しゅくだい》は自分《じぶん》でやらなきゃだめだっていわれたよ」
すると博士《はかせ》は、ふうむ、とうなり、
「たしかに一理《いちり》あるな。ようするに、お前《まえ》だ！」
と、えんぴつのしんをともかの方《ほう》につきつけました。
「お前《まえ》があんなきたない字《じ》や、でたらめな数字《すうじ》を書《か》くからいかん。よし、ここ
で出会《であ》ったのも運命《うんめい》。こうなったら、わしもえんぴつとしてのかがやかしい
キャリアをけがす覚悟《かくご》で、お前《まえ》にとことんつきあって教《おし》えてやる。ありがたく
思《おも》え」
――ぜんぜんありがたくない！

ともかは心《こころ》の中《なか》でさけびましたが、博士《はかせ》はすっかりやる気《き》のようです。ぱっとともかの右手《みぎて》にとびこむと、

「ほれ、まず、一問目《もんめ》からといてみろ。それ、まず、ににんがし！　なんだ、その2は。ミミズか。消《け》してもっとていねいに、書《か》きなおし！」

手《て》を休《やす》めると、博士《はかせ》が身《み》をおどらせて、右手《みぎて》をツンツンつつきます。投《な》げ捨《す》てようとしても、手《て》にくっついてはなれません。

「いたたた。もう、なんでこんな目《め》に」

ともかが泣《な》きべそをかくと、博士《はかせ》は、

「まあ、そうしょげるな。これができたら、いいことがあるぞ」

と、なだめるようにいいました。

――いいこと？　なにかくれるのかな。

結局《けっきょく》、『いいこと』につられて、今回《こんかい》だけは、博士《はかせ》の指導《しどう》につきあうことに

しました。

次《つぎ》の日《ひ》。石田先生《いしだせんせい》は、ともかのプリントとノートをじっとみていいました。

「がんばったのね。先生《せんせい》、わかるわよ」

――そりゃそうでしょ。

プリントは、消《け》しゴムでなんども消《け》されて、今《いま》にも穴《あな》が開《あ》きそうです。博士《はかせ》にうるさくいわれて必死《ひっし》にきれいに書《か》いた数字《すうじ》のまわりに、消《き》え残《のこ》ったあとが、何重《なんじゅう》にも残《のこ》っています。

日記《にっき》には、ご飯《はん》のことを書《か》きました。なにを食《た》べたかのあとに、そのメニューが好《す》きか嫌《きら》いか、理由《りゆう》まで書《か》き加《くわ》えておいたのです。これも博士《はかせ》のアドバイスでした。でも、そのうちに、そういえばお父《とう》さんはサラダを、ともかには食《た》べろ食《た》べろといって、自分《じぶん》は絶対《ぜったい》食《た》べないなとか、いろいろ思《おも》いついて、気《き》がつくと、二ページはすぐうまっていたのです。

——なんだ。こんなことでほめられるのか。

ともかくはフフンと鼻《はな》をならしました。でも、先生《せんせい》がうれしそうにほめてくれると、たしかに悪《わる》い気《き》はしません。博士《はかせ》はさぞ大得意《だいとくい》だろうと思《おも》ってふで箱《ばこ》をあけてみると、姿《すがた》がありません。

——消《き》えちゃったのかな。『いいこと』って、このことかも。

けれども、ブライシュ博士《はかせ》はまだちゃんといました。それも、となりの席《せき》の松山《まつやま》くんの机《つくえ》の上《うえ》を、ころころ転《ころ》がっていたのです。

松山《まつやま》くんは乱暴《らんぼう》で、机《つくえ》の境界線《きょうかいせん》をちょっとはみだしただけで、けってくるのです。体《からだ》も声《こえ》も大《おお》きくて体育《たいいく》が得意《とくい》なので、男子《だんし》や一部《いちぶ》の女子《じょし》たちからは人気《にんき》があります。でもともかくは、このクラスになって最初《さいしょ》の体育《たいいく》の授業中《じゅぎょうちゅう》にドッジボールでしつこくねらいうちにされて以来《いらい》、松山《まつやま》くんが大《だい》の苦手《にがて》で、口《くち》をきくのもこわいくらいでした。幸《さいわ》い、今《いま》は後《うし》ろの席《せき》とのおしゃべりに夢中《むちゅう》です。

あわてて取《と》りあげると、博士《はかせ》はハア〜、とため息《いき》をついて体《からだ》をしならせました。みょうに元気《げんき》がありません。家《いえ》に帰《かえ》ってきいてみると、

「あの乙女《おとめ》は、ふびんだ。あんな乱暴《らんぼう》なこぞうにとらわれて」

ぽつりといいました。

「乙女《おとめ》？　乙女《おとめ》ってだれ？」

「わからんのか。細《ほそ》くまっすぐな体《からだ》に、一センチずつ正確《せいかく》に数《かず》をきざんだ乙女《おとめ》だ。すきとおる美《うつく》しい顔《かお》は、青《あお》ざめて、くもっていた」

しばらく考《かんが》えて、やっとわかりました。

「松山《まつやま》くんの定規《じょうぎ》のこと？」

「そういうよび方《かた》もある」

松山《まつやま》くんの机《つくえ》の上《うえ》にだしてあった、青《あお》い透明《とうめい》な定規《じょうぎ》のことをいっていたので

す。

――青《あお》いのはもとからでしょ。くもってたっていうより、結構汚《けっこうよご》れてたよね。

博士《はかせ》は、定規《じょうぎ》に身《み》の上話《うえばなし》をきいていました。

「あの乙女《おとめ》は、もともとは、とある少女漫画家《しょうじょまんがか》のもとで、華麗《かれい》で繊細《せんさい》な線《せん》をひいて、幸《しあわ》せにくらしていたのだそうだ」

ところが、その漫画家《まんがか》が引《ひ》っ越《こ》すときに、定規《じょうぎ》をわすれてきてしまったのでした。

「……それから彼女《かのじょ》は部屋《へや》を改装《かいそう》しにきた壁紙屋《かべがみや》にひろわれ、壁紙屋《かべがみや》が置《お》きわすれたパチンコ屋《や》の店員《てんいん》にひろわれ、ながれながれて、今《いま》や、あんな」

博士《はかせ》はここで、ぐっと言葉《ことば》をつまらせました。ともかの宿題《しゅくだい》どころではなさそうです。今《いま》のうちにと、部屋《へや》からにげようとすると、

「なにをしとる。漢字《かんじ》のプリントがあるだろう」

と博士《はかせ》。それとこれとは別《べつ》のようです。

ところで、『いいこと』ってなんなんでしょう。

「あれか。ちゃんと先生《せんせい》にほめられただろう」

「ええっ、あれでおわり？」

「あれでとはなんだ。ほめられればやる気《き》がでる。やる気《き》は勉強《べんきょう》の栄養《えいよう》だ。ほれ第一問《だいもん》！」


それから毎日《まいにち》、ブライシュ博士《はかせ》はともかの宿題《しゅくだい》にくっついて、ツンツンと指導《しどう》しました。学校《がっこう》で松山《まつやま》くんの定規《じょうぎ》をみると、そわそわして、銀《ぎん》のキャップをかぶります。レディーの前《まえ》ではキャップをかぶるものなのだそうです。

一度《ど》など、キャップが汚《よご》れていて恥《は》ずかしいと騒《さわ》ぐので、夜《よる》、一時間《じかん》もかけて磨《みが》いてやりました。おかげでともかのハンカチは真《ま》っ黒《くろ》け。そのかわり博士《はかせ》のキャップはきらきらとかがやいて、きれいな花《はな》の模様《もよう》があらわれました。

「この花《はな》を、あの乙女《おとめ》にささげたい」

けれども、こんな博士《はかせ》の幸《しあわ》せをうちくだくできごとが、教室《きょうしつ》でおこったのです。


ことのおこりは、クラスの長谷川《はせがわ》くんがみせびらかした、なんにでも書《か》ける七色《いろ》ペンでした。

「ちょっとかせよ」

松山《まつやま》くんがいつもの調子《ちょうし》で、ぱっとうばいとりました。自分《じぶん》のランドセルのふたをあけると、内側《うちがわ》に、大《おお》きく、不気味《ぶきみ》な紫色《むらさきいろ》のどくろ模様《もよう》を書《か》いたのです。

「これ、おれのマーク。おれ専用《せんよう》ってこと」

マークというにはあまりにも雑《ざつ》な、ただぐちゃぐちゃと書《か》きなぐったような代物《しろもの》です。でも本人《ほんにん》は満足《まんぞく》そうに、他《ほか》にも書《か》けるものはないかと、机《つくえ》に持《も》ち物《もの》をならべはじめました。ふで箱《ばこ》、笛《ふえ》、下《した》じき。次々《つぎつぎ》と、松山《まつやま》くんの不気味《ぶきみ》どくろマークの犠牲《ぎせい》になっていきます。

——どうか、定規《じょうぎ》に気《き》がつきませんように。

博士《はかせ》の気《き》もちを思《おも》うと、ともかは気《き》が気《き》ではありません。松山《まつやま》くん、ふで箱《ばこ》を開《あ》けると、

「これにも……」

ついに、あの青《あお》い定規《じょうぎ》に手《て》をのばしました。

と、その瞬間《しゅんかん》、ともかの右手《みぎて》から博士《はかせ》がシュッととびだして、松山《まつやま》くんの右《みぎ》手《て》を、ツン！

「いてっ！　おい、なにすんだよ、柴崎《しばさき》！」

松山《まつやま》くんが右手《みぎて》をおさえて、にらみます。

「ごご、ごめん」

博士《はかせ》は床《ゆか》に落《お》ちて、ころころ転《ころ》がりました。

「なんだ、こんなもん、投《な》げやがって」

松山《まつやま》くん、片足《かたあし》をあげると、博士《はかせ》めがけて、ふみ下《お》ろそうとしました。そのときです。

パッチーン！

青《あお》い定規《じょうぎ》が、松山《まつやま》くんのおでこめがけて、思《おも》いきりはねかえったのです。定《じょう》規《ぎ》デコピンです。

「うわっ！」

「おい、まっつん、大丈夫《だいじょうぶ》か？」

長谷川《はせがわ》くんがさりげなくペンを取《と》りもどします。松山《まつやま》くん、涙目《なみだめ》になって、くやしそうにともかをにらみつけますが、とんできたのは、どういうわけか、自分《じぶん》のふで箱《ばこ》の自分《じぶん》の定規《じょうぎ》です。

「ちっくしょう！」

松山《まつやま》くんは、机《つくえ》の上《うえ》に落《お》ちた青《あお》い定規《じょうぎ》をつかむと、パキッ！　と真《ま》っぷたつに折《お》りました。

「ああっ！」

一瞬《いっしゅん》のできごとでした。悲鳴《ひめい》をあげたともかを、松山《まつやま》くんはじろりとにらみ、

「なんだよ。おれの定規《じょうぎ》だよ。文句《もんく》あるか」

折《お》れた定規《じょうぎ》を、乱暴《らんぼう》にふで箱《ばこ》に戻《もど》しました。

——気《き》の毒《どく》な定規《じょうぎ》。そして、博士《はかせ》。

ともかは、床《ゆか》の博士《はかせ》をそっとひろいました。

博士《はかせ》はそれから一週間《しゅうかん》、口《くち》をききませんでした。まるで普通《ふつう》のえんぴつでし

たが、ある晩《ばん》ともかは、すすり泣《な》く声《こえ》で目《め》が覚《さ》めました。

「わしのせいで……わしの、わしの……」

「博士《はかせ》のせいじゃないよ」

声《こえ》をかけると、博士《はかせ》は低《ひく》く話《はな》しはじめました。

「……われわれ文房具《ぶんぼうぐ》は、百年《ねん》たつと自由《じゆう》になる。だがその前《まえ》に、八十年《ねん》たつと、一度《ど》だけ自分《じぶん》の意志《いし》で動《うご》くことができるのだ。その一度《ど》の機会《きかい》を、あんなことに使《つか》わせてしまった」

定規《じょうぎ》デコピンのことをいっているのです。

「でも、もう二十年《ねん》で自由《じゆう》になれるんでしょ」

ともかは、なるべく明《あか》るい声《こえ》でいいました。

「いや。それは無理《むり》だ」

「なんで？」

「われわれは、つかえなくなったら、それが寿命《じゅみょう》だ。
あの乙女《おとめ》はもう生涯《しょうがい》、動《うご》くことはないのだ」

それ以来《いらい》、博士《はかせ》は宿題《しゅくだい》につきあってくれなくなりました。数字《すうじ》をまちがえても上《うわ》の空《そら》です。

でも、ともかくも勉強《べんきょう》のコツをおぼえました。計算《けいさん》はともかく、作文《さくぶん》は前《まえ》より楽《たの》しくなったのです。きれいな字《じ》のコツも、わかってきました。机《つくえ》にまっすぐむかい、丁寧《ていねい》にゆっくり書《か》けば、ちゃんときれいな字《じ》が書《か》けるのです。

「最近《さいきん》、ともか、字《じ》きれいになったよね」

女子《じょし》の間《あいだ》でも、よくいわれるようになりました。博士《はかせ》のツンツン指導《しどう》のおかげでした。

博士《はかせ》は、いつのまにかずいぶん短《みじか》くなっていました。もうキャップなしでは持《も》てません。

すっかり無口《むくち》になった博士《はかせ》が突然話《とつぜんはな》しかけてきたのは、一学期《がっき》もおわりの、ある晩《ばん》のことでした。

「わしはもうすぐ永遠《えいえん》にねむる。文房具《ぶんぼうぐ》は、つかえなくなれば寿命《じゅみょう》だが、わしには本望《ほんもう》だ」

そして、最後《さいご》にたのみがある、といいました。

「あの乙女《おとめ》を修理《しゅうり》してほしい。そうすれば、彼女《かのじょ》も、いつか自由《じゆう》になれるかもしれん」

「だって、あれ、松山《まつやま》くんが持《も》ってるんだよ」

「やつに修理《しゅうり》をたのめないか」

「む、無理《むり》だよ！　松山《まつやま》くん、こわいもん」

それきり博士《はかせ》はだまってしまい、話《はな》しかけても返事《へんじ》がありませんでした。こうなったら勇気《ゆうき》をだして、松山《まつやま》くんに定規《じょうぎ》を借《か》りるしかありません。でも、いざ教室《きょうしつ》で顔《かお》をみると、やっぱりこわくて、なかなかいいだせません。

そしてとうとう、明日《あした》から夏休《なつやす》みという日《ひ》。ともかが松山《まつやま》くんをちらちらちらみていると、なぜだかむこうも、ともかをちらちらみています。

放課後《ほうかご》、むこうから声《こえ》をかけてきました。

「手紙《てがみ》、読《よ》んだよ」

「これだよ。お前《まえ》の字《じ》だろ」

松山《まつやま》くん、小《ちい》さくたたんだ紙切《かみき》れをさしだしました。きれいにならんでいるのは、ともかの字《じ》、いいえ、もともとのお手本《てほん》の、博士《はかせ》の字《じ》です。

——うそ、あたしのふりして男子《だんし》に手紙《てがみ》？

大《おお》いそぎで読《よ》んでみると、あの青《あお》い定規《じょうぎ》をどうか修理《しゅうり》してほしい、と書《か》いてありました。

『……どうかどうか、わが命《いのち》にかえても、よろしくお願《ねが》いいたします』

――これじゃ、あたしの命《いのち》になっちゃう！

ともかがあせっていると、松山《まつやま》くんは、

「あれ、おれも後悔《こうかい》してんだよ。あの定規《じょうぎ》気《き》にいってたのに、なんかカッとなっちゃって」

そういうと、ふで箱《ばこ》から、あの青《あお》い定規《じょうぎ》をだしました。定規《じょうぎ》はきれいになおっています。

「お前《まえ》の手紙《てがみ》読《よ》んで、すぐ修理《しゅうり》したんだ」

接着剤《せっちゃくざい》でていねいにくっつけたのだそうです。

「これやるよ。……もらってよ」

と、定規《じょうぎ》をさしだしました。真《ま》ん中《なか》に割《わ》れた線《せん》がある以外《いがい》は、すっかりもとどおりです。

「おれ、こんな風《ふう》な、ちゃんとした手紙《てがみ》、もらったのははじめてなんだ。へ、返《へん》事書《じか》こうと思《おも》ったんだけど、うまく書《か》けなくてさ」

松山《まつやま》くんは赤《あか》い顔《かお》でもじもじして、まだなにかいいたそうでしたが、ともかは定規《じょうぎ》をしまうと、大《おお》いそぎで家《いえ》に走《はし》りました。

「博士《はかせ》！　みて、あの乙女《おとめ》なおったんだよ。　博士《はかせ》の手紙《てがみ》のおかげなんだよ、ほら」

博士《はかせ》はなにもいいません。それから二度《ど》と、話《はな》したり動《うご》いたりすることはなかったのです。

今《いま》でもともかは、博士《はかせ》を机《つくえ》にかざっています。そして定規《じょうぎ》の乙女《おとめ》は、大人《おとな》になり、デザイナーになったともかの線引《せんび》きを手伝《てつだ》っています。ときどきこっそり、二人《ふたり》でおしゃべりしながら……。

ぞくぞくびっくり箱

オコリンボウじゃ

きむら ゆういち・作　寺島ゆか・絵

「まったく、りゅうのやつ、頭《あたま》にくる。だいたい、あいつは礼儀《れいぎ》をしらない、あやまらない、態度《たいど》が悪《わる》い、もうあんなやつ遊《あそ》びにきたって絶対《ぜったい》に家《いえ》にいれてやらんからな」

おこっているのは源《げん》じいさん。おこっている相手《あいて》は小学生《しょうがくせい》のりゅうだ。りゅうは源《げん》じいさんの孫《まご》ですぐ近《ちか》くに住《す》んでいる。

源《げん》じいさんは商店街《しょうてんがい》の旅行《りょこう》で伊豆《いず》にいった時《とき》、りゅうへの土産《みやげ》のことばかり考《かんが》えていた。

五軒目《けんめ》にはいった土産物屋《みやげものや》でついにイメージにぴったりのものをみつけた。ロボットのキーホルダーだ。手《て》も足《あし》も動《うご》いてそれにかっこいい。

「よし、これに決《き》めた。あいつ絶対喜《ぜったいよろこ》ぶぞ。きっとランドセルにつけて毎日学校《まいにちがっこう》にいくだろうな。うむ」

ところが、りゅうは土産《みやげ》のはいった袋《ふくろ》の中《なか》をチラッとみただけで「ふうん」

とひとこと。

あとはこたつのテーブルのすみに置《お》きっぱなしでゲームばかりしている。帰《かえ》る時《とき》に、りゅうをおいかけて「ホラ、わすれ物《もの》だぞ」って渡《わた》したら、しぶしぶポケットにつっこんで帰《かえ》っていった。『ありがとう』もいわずに。

「ったく、思《おも》いだすと頭《あたま》にくる。前《まえ》はあんな子《こ》じゃなかったのに。じいちゃんじいちゃんってワシのあとをおいかけてきて。みんなから『りゅうはじいちゃん子《こ》だね』っていわれて。

それが、どうしたんだ、あの態度《たいど》は。

まったく礼儀《れいぎ》をしらん。ワシのことをなんだと思《おも》ってるんだ。あんなにかわいがってやったおじいちゃんだぞ。してもらうことがあたり前《まえ》だと思《おも》いやがって。チヤホヤされてるときだけ機嫌《きげん》がいいのか。ワシがちょっと正《ただ》しく注意《ちゅうい》しただけで、それはもう嫌《いや》な顔《かお》でムッとして、あんなんじゃ大人《おとな》になっても通用《つうよう》しないぞ」
源《げん》じいさんが、ドカッとこたつにすわる。すると、目《め》の前《まえ》のテレビが目《め》には
いった。
「そういや、この前《まえ》、相撲《すもう》みてた時《とき》だ。それも千秋楽《せんしゅうらく》の優勝決定戦《ゆうしょうけっていせん》。ワシは初《しょ》
日《にち》からみてたから、そりゃあすごい展開《てんかい》になってきたと毎日毎日楽《まいにちまいにちたの》しみで最後《さいご》
の日《ひ》に全勝対決《ぜんしょうたいけつ》が決《き》まった時《とき》は前《まえ》の日《ひ》からどうなるかとわくわくして一人盛《ひとりも》り
あがっていたんじゃ。
ついに軍配《ぐんばい》かえった。二人《ふたり》の力士《りきし》がぶつかる。そりゃあもう一進一退《いっしんいったい》の大《おお》
相撲《ずもう》になってな。
ワシが手《て》に汗《あせ》にぎってみていた、その時《とき》、パッと画面《がめん》がアニメにかわった。
りゅうがいきなりチャンネルをかえやがったんだ。
「なにすんだ」

ワシはもちろんおこったさ。でもりゅうのやつ、

「すもうなんてどこが面白《おもしろ》いの」

っていいやがった。

「いいから、貸《か》せ」

リモコンをうばいとって、あわててチャンネルをもどすと、もう勝負《しょうぶ》はついてしまっていた。

優勝杯《ゆうしょうはい》の授与《じゅよ》の場面《ばめん》……。

「おかげでいちばんいいとこをみのがしちまったよ。ああ、今思《いまおも》いだしてもムカック」

「そりゃひでえな」

いきなりうしろで声《こえ》がした。

「えっ」

源《げん》じいさんは、あわてて湯《ゆ》のみ茶《ぢゃ》わんをひっくりかえすくらいの勢《いきお》いでおどろいた。なにしろ源《げん》じいさんは一人暮《ひとりぐ》らし。その上《うえ》、最近《さいきん》はぶっそうだからときちんとカギもかけている。

ふりむいてみると、源《げん》じいさんと同《おな》じくらいのじいさんが、うしろにすわっている。みためも自分《じぶん》に、にたかっこうだ。

「あんただれだ」

泥棒《どろぼう》だったら容赦《ようしゃ》しねえぞっ、とにらみつけると、

「ワシはオコリンボウじゃ」

と、そのじいさんも渋《しぶ》い顔《かお》でにらみかえす。

「オコリンボだかなんだかしらねえが、あんたこの家《いえ》にどうやってはいった？」

「どうやってって？　そんなの簡単《かんたん》さ。ワシはおばけだからな、どこだって

スーッとあらわれるのじゃ」

「おばけだって？　いいかげんにしろ。どうせどこかのカギをこわしてはいってきたんだろうが。このこそドロめ！」

源《げん》じいさんには昔剣道《むかしけんどう》できたえた腕《うで》がある。

こたつの上《うえ》のハシをつかむと、立《た》ちあがりざま、じいさんの頭《あたま》にふりおろした。

するとはしはオコリンボウの体《からだ》をすりぬける。

「まああそんなに興奮《こうふん》するな。ワシはあんたの味方《みかた》じゃ」

少《すこ》し透明《とうめい》になった顔《かお》がわらう。

「ど、どうやら本物《ほんもの》のおばけのようじゃな。で、なんでワシの所《ところ》にでた。そろそろあの世《よ》からおむかえか？」

「いやいや、そんなんじゃない。あんたがあんまりおこっているから、同情《どうじょう》してでてきただけじゃ。なにせワシは、オコリンボウおばけだからな」

「だれかがおこっていると、すぐでるのか」

「ああ、まあだいたい3日以上《かいじょう》おこっていないと、でないがね」

「それでどうする？」

「まず話《はなし》をきく」

「話《はなし》？　そうか、きいてくれるのか。実《じつ》は話《はなし》をしたくてうずうずしとったんじゃ」

「大《おお》ずもうでチャンネルをかえられたんだっけ？」

「そうそう。りゅうのやつにムカつくのは、それだけじゃない。ワシが晩《ばん》メシを食《く》ってる時《とき》に、ひょっこりとあらわれてな」

「ふむ」

「その時《とき》はラーメンじゃった。ワシの手作《てづく》り特製《とくせい》ラーメンじゃ」

「ほう」

「物欲《ものほ》しそうにみてるから、メシ食《く》ったかってきいたら、ああ、食《く》ったってい
う」

「ふむふむ」

「じゃあ、今食《いまた》べおわるから待《ま》ってろっていった時《とき》だ」

「なにをした？」

「いきなり、たったひとつしかないチャーシューをつまみあげると」

「なんだって!!」

「これ、食《た》べないんならちょうだいっていったとたんに、口《くち》の中《なか》にパクッだ」

「そりゃあひどい」

「最後《さいご》の方《ほう》で食《た》べようとずっととっといたのに」

「チャーシューはラーメンの目玉《めだま》だからな」

「ああ、チャーシューのないラーメンなんて4番《ばん》バッターのいない野球《やきゅう》と同《おな》じじゃ」

「うむ。たしかに、ピカチュウのいないポケモンと同《おな》じじゃな」

「いや、むしろジュリーのいないタイガース＊のようなものっていった方《ほう》がぴったりかな」

「おいおい、それはちょっと古《ふる》すぎじゃないか」

「まあ、とにかくだ。食《た》べたくないんじゃなくて、大好物《だいこうぶつ》は大事《だいじ》に残《のこ》しておいたっていうのに」

「そりゃあ、ゆるせんな」

「まだまだあるぞ。ゆるせんことが」

「ああ、どんどんいえ。いくらでもきいてやるぞ」

「あいつはほぼ毎日《まいにち》くるから、いつも面白《おもしろ》い話《はなし》を用意《ようい》しておくんじゃ」

＊一九六〇年代《ねんだい》に人気《にんき》だった歌手《かしゅ》グループ。ジュリーはそのボーカル。

「ほう、けっこう大変《たいへん》だな」

「いつも目《め》をかがやかせてきいてくれてな。ま、ワシの昔話《むかしばなし》もけっこうイケてると思《おも》っておった」

「いいじゃないか」

「この間《あいだ》なんか、もうそろそろいいころだと思《おも》って、とっておきの話《はなし》をしたんじゃ」

「へえ〜どんな話《はなし》?」

「若《わか》い時《とき》、しりあいの女性《じょせい》がヤクザ風《ふう》の男《おとこ》にからまれてな。たまたま通《とお》りかかったワシはこりゃなんとかしないとと思《おも》って、ワシがえいやっとそいつをなげとばしてやった話《はなし》だ」

「そりゃあスゴイ」

「へへへ、本当《ほんとう》はいっしょに走《はし》って逃《に》げただけだけどね」

「ハハハ、なあんだ」

「でもそれがキッカケでその女性《じょせい》と結婚《けっこん》してな。つまりその女性《じょせい》がワシの死《し》んだバアさんなんじゃ」

「それがなきゃ、りゅうくんは生《う》まれなかったってわけか。いい話《はなし》じゃないか」

「だろう？　ところがだ。りゅうのやつ、ゲームばかり夢中《むちゅう》になって全然《ぜんぜん》ワシの話《はなし》をきいとらんのじゃ」

「そりゃひどい。そんないい話《はなし》を」

「きいてんのかっていったら『うるさいなあゲームに集中《しゅうちゅう》できねえから帰《かえ》る』って帰《かえ》ってしまった」

「なんという態度《たいど》だ！」

「ワシはついに頭《あたま》にきてな。せっかくおまえのルーツの話《はなし》をしてやってんのに、ゲーム、ゲーム、ゲームって。ゲームなんてどこだってできるだろう。そんなにゲームがしたいなら、うちでしてろっていってやった」

「そりゃそうだ」

「ふん。そしたら『わかったよ。もうこねえからな』だと。そんで思《おも》いっきりドアをバタンってしめやがった」

「ワシはそのドアをあけて『もう二度《ど》とくるなあ』ってさけんでやったね」

「うむ当然《とうぜん》だ。ゆるせねえな。もし今度《こんど》きたら、もう一度《ど》ガツンといってやれ」

「ああ、そのつもりだ」

「ひっぱたいてやれ」

「もちろん、そのつもりだ」

「グッチョングッチョンにしてやれ」

「ああ、してやるとも」

「ワシも手伝《てつだ》ってやる。ワシの仕事《しごと》はおこってるやつの味方《みかた》だ。今《いま》までだっておこってるやつの味方《みかた》をいっぱいしてきたんじゃ。なにしろワシはオコリンボウおばけだからな」

「ほう」

「たとえばだ。たしかあれは今《いま》から二百六十五年前《ねんまえ》のことだった」

「へえ〜、江戸《えど》時代《じだい》か。そんな昔《むかし》から生《い》きてたのか」

「生《い》きてはおらん。おばけだからな」

「ハハハ、そりゃそうだった」

「当時《とうじ》は理不尽《りふじん》なことがあたり前《まえ》にあったんじゃ。大名《だいみょう》に刀《かたな》のためし斬《ぎ》りにされた百姓《ひゃくしょう》がいてな」

「そりゃひどい」

「そのカミさんがおこっておこって、そんなくだらないことで旦那《だんな》を殺《ころ》されてしまったんだからな。そりゃあくやしかったろう。でもおこってもどうしようもない時代《じだい》だ」

「それで？」

「ワシが手伝《てつだ》って、その大名《だいみょう》に取《と》りついて病気《びょうき》にしてやった。まあ、たった三日《みっか》であの世行《よゆ》きだ」

「す、すごいな」

「それから、たしかあれは……、*アレキサンダー大王《だいおう》というのが勢力《せいりょく》をほこっていたころだ。その部下《ぶか》にすごーく悪《わる》いやつがおってな。こいつもグッチョングッチョンにしてやったんだが……」

「ちょっと待《ま》て、なんか話《はなし》が違《ちが》ってきてる気《き》がする」

「なにも違《ちが》ってなんかないぞ。ワシはおこってるやつの味方《みかた》をして、その相手《あいて》をグッチョングッチョンにしてやるのが仕事《しごと》だからな」

「いや、だからちょっと違《ちが》うんだ」

「このオコリンボウおばけが、りゅうをグッチョングッチョンにしてやろうといっているのじゃ」

「やめてくれ。ワシの大事《だいじ》なりゅうになんてことするんだ」

「おこってたんじゃないのか」

「そりゃおこってたけど、もしかして……」

「もしかして?」

「今《いま》、思《おも》ったんじゃが、ワシがちょっとさみしかっただけなのかもしれん」

源《げん》じいさんが小《ちい》さくつぶやいたとたん、

「ふっ、なあんだ。どうやらワシの出番《でばん》はここまでじゃな」

そういうとオコリンボウは、スーッと消《き》えた。

源《げん》じいさんは大《おお》きくため息《いき》をつくと、

「まあ、今《いま》の子供《こども》だもんな。ゲームばかりしてても普通《ふつう》なのかもしれん。将棋《しょうぎ》

＊古代《こだい》ギリシャで活躍《かつやく》した王《おう》。

教《おし》えてやるっていった時《とき》も、DS《ディーエス》してるからっていいっていわれたけど、ワシらのころと時代《じだい》が違《ちが》うからなあ。ワシの考《かんが》えを無理矢理押《むりやりお》しつける前《まえ》に、りゅうの話《はなし》ももっときいてやればよかったのかなあ～。しかしワシも相当《そうとう》な意地《いぢ》っぱりだけど、あいつもワシににて、かなりの意地《いぢ》っぱりだからな。もう本当《ほんとう》にうちにこなくなるのかな……。考《かんが》えてみたら、あいつが少《すこ》し大人《おとな》になってたことに、ワシが気《き》がついてなかったのかもしれん」

源《げん》じいさんが、ふとカレンダーに目《め》をやった。

「あいつがこなくなってもう四日《か》か。あいつ今《いま》ごろどうしてるんだろう」

りゅうの家《いえ》は、母親《ははおや》と二人暮《ふたりぐ》らし。つまりその母親《ははおや》が源《げん》じいさんの娘《むすめ》だ。りゅうは幼《おさな》いころ、父親《ちちおや》が死《し》んで母親《ははおや》とすぐ近《ちか》くに引《ひ》っ越《こ》してきた。それ以《い》来源《らいげん》じいさんは父親《ちちおや》がわりにりゅうをかわいがってきたのだ。

りゅうの母親《ははおや》は仕事《しごと》で帰《かえ》りが遅《おそ》いので、いつも源《げん》じいさんの家《いえ》によってから

4
3
2
1

帰《かえ》っていた。

源《げん》じいさんは玄関《げんかん》にでると、つっかけをはいて外《そと》にでた。久《ひさ》しぶりの外《そと》は気《き》分《ぶん》がいい。夕方《ゆうがた》の涼《すず》しい風《かぜ》がふわりと顔《かお》にあたる。

そのとたん、今《いま》まで心《こころ》の中《なか》にあったもやもやしたものが風《かぜ》といっしょにどこかにとんでいった。りゅうの家《いえ》はひとつ角《かど》を曲《ま》がればすぐそこだ。

「そろそろ学校《がっこう》から帰《かえ》ってくるころだよな」

そう思《おも》って角《かど》を曲《まが》がった時《とき》だ。

偶然《ぐうぜん》むこうから歩《ある》いてくるりゅうの姿《すがた》がみえた。

「やばい、どうしよう今《いま》りゅうと目《め》があっちまったぞ」

源《げん》じいさんは、ドキドキした。今《いま》さらあわてて家《いえ》にひっこむのも変《へん》だ。

「あいつもかなり意地《いぢ》っぱりだからな。ワシをみたらなんていうつもりだ」

源《げん》じいさんはおもわず緊張《きんちょう》してみがまえた。

するとりゅうは、源《げん》じいさんに気《き》がつくと、にっこりとわらって手《て》をふりながら走《はし》ってきたじゃないか。源《げん》じいさんは思《おも》わずこういった。

「おお、りゅう元気《げんき》にしてたか」

「まあね。そうだ、今日《きょう》遊《あそ》びにいっていい？」

「ああ、もちろんいいとも」

源《げん》じいさんもにっこりとわらう。りゅうのランドセルに目《め》をやると、ロボットのキーホルダーが楽《たの》しそうにゆれていた。

あとできいた話《はなし》だけど、どうやらりゅうの所《ところ》にも、オコリンボウおばけがあらわれたんだそうだよ。みためもりゅうにそっくりなオコリンボウがね。

●著者プロフィール●

薫 くみこ（くん くみこ）
東京都生まれ。作品に、絵本『なつのおうさま』（ひろすけ童話賞）、『あのときすきになったよ』ほか。童話、児童文学など多数。

森山さな（もりやま さな）
大阪府生まれ。作品は「ランを追いかけて」が『ドキドキッズ小学校　おわらいＭＡＸ』に所収される。

赤羽じゅんこ（あかはね じゅんこ）
東京都生まれ。作品に『ピアスの星』、『がむしゃら落語』（産経児童文学賞・ニッポン放送賞受賞）など。

押川理佐（おしかわ りさ）
東京都生まれ。文芸同人誌「泳げ！」同人。作品に絵本『ねこまるせんせいのおつきみ』などの「ねこまるせんせい」シリーズ。

きむら ゆういち
東京都生まれ。作品に「あらしのよるに」シリーズ、「あかちゃんのあそびえほん」シリーズなど多数。純心女子大学客員教授。

ぞくぞく☆びっくり箱④

おこりんぼオバケ 5つのお話

2014年11月　初版第1刷発行
2018年11月　　　第2刷発行

編　者　日本児童文学者協会
発行者　水谷泰三
発　行　株式会社文溪堂
〒112-8635　東京都文京区大塚3-16-12
TEL (03) 5976-1515（営業）(03) 5976-1511（編集）
ホームページ　http://www.bunkei.co.jp
印刷・製本　図書印刷株式会社

カバー・本文デザイン　DOMDOM

ISBN978-4-7999-0084-0 NDC913 142P 188 × 128mm

5 ghost stories ◆ 5 ghost stories

5 ghost stories ◆ 5 ghost stories ◆

5 ghost stories ◆ 5 ghost stories